T0243878

El pasado anda atrás de nosotros
como los detectives
los cobradores
los ladrones

Juan Pablo Villalobos

El pasado anda atrás de nosotros como los detectives los cobradores los ladrones

EDITORIAL ANAGRAMA

BARCELONA

Fundación
BBVΛ

Proyecto realizado con la Beca Leonardo a Investigadores
y Creadores Culturales 2019 de la Fundación BBVA

Ilustración: *Lodo de sangre*, © Luis Alfonso Villalobos

Primera edición: *febrero 2024*

Diseño de la colección: Julio Vivas y Estudio A

© Juan Pablo Villalobos, 2024

© EDITORIAL ANAGRAMA, S. A., 2024
    Pau Claris, 172
    08037 Barcelona

ISBN: 978-84-339-2226-7
Depósito legal: B. 21855-2023

Printed in Spain

Romanyà Valls, S. A.
Verdaguer, 1, 08786 Capellades (Barcelona)

Para Ángel, Luis Alfonso, Uriel y Luz Elena,
hijos de mis papás

O passado anda atrás de nós
como os detetives os cobradores os ladrões
[...]
o passado ao contrário dos gatos
não se limpa a si mesmo

ANA MARTINS MARQUES

Solo el olvido permite el regreso impune.

SYLVIA MOLLOY

Esto es una novela; cualquier parecido
con la realidad no es mera coincidencia:
así es como funciona la ficción.

La zanja

Hay un dicho que asegura que es imposible huir del pasado, y aunque yo me hubiera convencido de que los días que iba a pasar en México serían un intermedio, una pausa en mi vida real en el extranjero, la verdad era que aquella noche se estaba convirtiendo en un mal presagio, en la amenaza de volver a etapas oscuras de las que me había costado tanto escapar. Hay otro dicho que advierte que cuando las cosas están saliendo mal, todavía pueden empeorar, pero dos dichos seguidos comienzan a formar un sistema de prejuicios, así que lo mejor será que me remita a los hechos.

Eran las dos de la madrugada, quizá las tres, y yo estaba de pie en un bar de Lagos de Moreno con el brazo derecho levantado y el puño apretado, listo para ejecutar una venganza largamente pospuesta. Miraba el rostro de Everardo y calculaba dónde podría hacerle más daño, ¿en la quijada, en la nariz, en los dientes, en la cabeza? Que no lo supiera demostraba algo de lo que solía enorgullecerme: que hasta ese momento yo nunca le había pegado a nadie. Y ahora estaba determinado a hacerlo, incluso ya había cumplido con los primeros pasos, me había levantado con rabia, volcando de espaldas la silla en la que había estado sentado, y había posicionado mi brazo en un ángulo que le imprimiría mayor fuerza al golpe, siempre según mis teorías, basadas en ninguna experiencia real, cuando mucho en las películas y en la televisión.

Si el bar hubiera cerrado más temprano, a una hora decente, como se decía antes, y si sirvieran cervezas industriales, y no artesanales, que emborrachaban más rápido, el vaso de la paciencia no se habría colmado y no habríamos llegado a estos extremos. Pero la culpa era mía: tendría que haberme quedado en casa de mis papás limitándome a hacer lo que se suponía que había venido a hacer a México; había venido a cuidarlos, a estar con ellos, ¿por qué había aceptado la invitación de Everardo?, ¿por qué había dejado que mi hermana me convenciera? Llevábamos más de treinta años sin vernos y no había ninguna razón para el reencuentro, era obvio que todo iba a terminar mal, quizá en el fondo yo lo supiera y había estado deseando que ocurriera.

Así que iba a pegarle un puñetazo a Everardo, un puñetazo largamente merecido; me había pasado las últimas horas revisando nuestra historia, haciendo memoria del acoso y las humillaciones a los que me había sometido desde que yo tenía cuatro años con nueve meses hasta que cumplí los quince, es decir, desde que volvimos de Guadalajara a Lagos –el pueblo de mi familia paterna–, en junio de 1978, hasta el día de agosto de 1988 en el que yo me fui a Guadalajara para estudiar la preparatoria. En medio habían quedado esos diez años en Lagos durante los cuales estuve obligado a convivir con Everardo porque éramos compañeros en la escuela y, sobre todo, porque su mamá era la mejor amiga de la mía.

–Tengo cáncer –dijo entonces Everardo.

Seguía sentado, no se había inmutado a pesar de la amenaza de mi brazo en alto, y contemplaba la acumulación de vasos, platos, huesitos de pollo y servilletas esparcidos sobre la mesa con indiferencia, podría decirse que hasta aburrido. Creía que no me atrevería a pegarle, creía conocerme bien y, además, creía a ciegas que la gente no cambiaba, que nadie cambiaba, que por mucho que me hubiera ido del pueblo, y hasta del país, yo seguía siendo el mismo, que el que nacía miedoso moría miedoso.

Aflojé el puño de la sorpresa, desconfiado; no alcanzaba a discernir si Everardo hablaba en serio o si se estaba burlando de mí, si había desarrollado nuevas formas de tortura, más sofisticadas, menos salvajes. Contrario a él, yo sí profesaba una fe ciega en la evolución del alma humana, sobre todo cuando, como en el dicho citado, se trataba de empeorar.

–En el páncreas –especificó.

Entonces se le escapó una media sonrisa, como concediendo que sí, que era tan imbécil que incluso se atrevería a bromear con algo así, y yo aproveché para sorrajarle el trancazo largamente anhelado. Mi puño chocó en su pómulo derecho, sentí en los nudillos su ojo blandengue, algo líquido humedeció el dorso de mi mano, deseé que fuera sangre, mucha sangre, y sí, era sangre, aunque no mucha, tan solo unas gotitas que me sequé rapidísimo en el pantalón, como borrando evidencias.

—¡¿Qué haces, pendejo?! —me gritó.

Su alarido se perdió entre el barullo de las conversaciones y la música a todo volumen, ese *rock en tu idioma* que era la patética banda sonora de la comedia que nos habíamos empeñado en representar, como si aún fuéramos adolescentes en los años ochenta.

Di un paso hacia atrás, preparándome para el embate, y aplasté la montaña de cáscaras de los cacahuates que había estado pelando maniáticamente, una montaña de rabia que se había ido acumulando durante la noche.

Everardo estaba tan sorprendido que tardó en levantarse para corresponderme. Afortunadamente, uno de los meseros se interpuso entre nosotros; lo hizo sin violencia, sin aspavientos, tomando todas las precauciones para no ofendernos. A pesar de que Everardo y yo teníamos una apariencia inofensiva, de profesionistas clasemedieros, de cuarentones cada vez más cerca de los cincuenta, a esas alturas de la historia de México uno nunca sabía con quién se estaba metiendo y lo más sensato, si uno pretendía seguir con vida, era no averiguarlo.

20

–Ya cerramos –dijo el mesero.

Me extendió la cuenta, como si la norma de la casa fuera que el que pega paga.

–Paga este pendejo –le contesté, apuntando con la barbilla a Everardo.

Les di la espalda y salí del bar sin mirar atrás, fingiendo que las piernas no me estaban temblando.

Afuera, a pesar de la hora, había un montón de gente transitando entre los diferentes bares del malecón. ¡Cómo habían cambiado las cosas! En mi adolescencia, a esas horas solo estaba abierta la única discoteca de Lagos, que estaba en el centro del pueblo. Pero en el malecón no solo había más vida nocturna ahora, sino que habían arreglado el empedrado, renovado las farolas, instalado un carril para bicicletas y ensanchado el paseo peatonal, todo para atraer turistas. Lo que no había cambiado, por desgracia, era la peste del río contaminado.

Me alejé un par de calles trotando mientras manipulaba el teléfono para pedir un Uber. No era una operación sencilla, porque tenía que usar la mano izquierda; la derecha palpitaba, adolorida, aunque a simple vista no se apreciaba hinchazón, herida, nada, ¡vaya mierda de puñetazo le había dado! Por si fuera poco, me costaba aclarar la vista, las imágenes que se me presentaban aparecían desenfocadas, movidas, borrosas. Agradecí que a mi papá le hubieran prohibido manejar después del ictus y ya no tuviera coche; ¿cuántos amigos, compañeros de la escuela, se habían matado en accidentes?

En cuanto confirmé el viaje, levanté la cabeza: una cuadra más allá, entre la gente que discutía si era hora de irse a dormir o de tomar la última, localicé a Everardo, que oteaba buscando a su presa. Verifiqué la placa del auto que me recogería, el modelo, el color, el nombre del conductor. Lo vi acercarse desde el lado opuesto a donde Everardo había establecido su puesto de vigilancia. Corrí hacia el coche.

Al llegar a la casa de mis papás, el conductor del Uber alegó que mi tarjeta había sido rechazada y me obligó a pagarle los ochenta pesos en efectivo, una maniobra típica para evitar la comisión que le cobraría el aplicativo.

Me bajé del coche y contemplé la casa: la reja recientemente tapiada y las protecciones que se habían instalado en las ventanas luego de que un chamaco que estaba pasando una crisis de abstinencia se metiera a robar en la madrugada. Dados los antecedentes, dudé si debía abrir la puerta procurando hacer el menor ruido posible para no despertar a mis papás y a mi hermana, o si era más prudente anunciar mi llegada para no asustarlos. Intenté lo primero, pero resultó lo segundo, porque tuve bastantes dificultades para encajar la llave, girarla en el sentido correcto, empujar la puerta –que estaba ligeramente vencida– y cerrarla tras de mí; toda la operación produjo bastante escándalo.

Cuando por fin conseguí entrar, me encontré a

Elena acostada en el sofá de la sala, a oscuras, su rostro iluminado por la pantalla del celular.

–¿Se te fue el sueño? –le pregunté, medio susurrando, para que no me escucharan mis papás.

La voz me salía muy rara, culpa de las cervezas artesanales.

–Ya sabes que yo no duermo –respondió mi hermana.

Eso solía contar, que sufría insomnio, aunque no era verdad del todo: ese año mi sobrino había entrado a la universidad y se había ido a vivir a León, por lo que mi hermana pasaba las noches en duermevela vigilando el teléfono por si había alguna emergencia. Tenía un negocio de macramé que funcionaba por Instagram y Facebook, así que aprovechaba ese tiempo para hacer promoción, informar del estado de los pedidos y mandar presupuestos.

–¿Estás pedo? –me preguntó.

–¿Everardo tiene cáncer? –le contesté.

–¿No sabías?

No le respondí, que era como decir que no sabía, porque para empezar si lo supiera no se lo habría preguntado; de este tipo de silencios estaba hecha la comunicación familiar, un sistema que informaba por debajo de las posibilidades del lenguaje y que nos obligaba todo el tiempo a hacer suposiciones.

–Yo pensé que sabías –dijo mi hermana, ejemplificando mis teorías–, por eso se me hizo mala onda que no quisieras verlo y te insistí en que fueras.

Era un sistema de comunicación ineficaz, pero

daba origen a infinidad de chismes, confusiones, agravios, malentendidos, que volvían emocionante la vida de la familia.

—¿Estás bien? —me preguntó mi hermana.

Antes de contestarle, me lo pregunté yo para mis adentros: ¿qué era esa sensación calientita en el pecho, ese regocijo desconocido?

—Sí —le respondí—, estoy contento.

—¿Estás contento de que Everardo tenga cáncer?

—No, cómo crees. Es que acabo de darle un chingadazo.

—¿Estás pedo? —volvió a preguntarme.

Empecé a reírme bajito, como si sí estuviera borracho, y luego no pude contenerme y se me salieron las carcajadas, porque, al fin y al cabo, para qué ocultarlo, sí estaba bastante pedo.

—Escucha —dijo mi hermana—, no te vayas a asustar.

Paré de reír en seco.

—Se cayó mi mamá. No le pasó nada, iba a ir al baño, le dio el vértigo y se resbaló. Quiso levantarse y no pudo. Mi papá tampoco pudo ayudarla.

Continuó con la explicación de lo que había ocurrido mientras yo juntaba coraje para pegarle a Everardo. Por supuesto, me sentí culpable; se suponía que para eso había venido a Lagos: para cuidar a mis papás, no para pegarle a Everardo.

—Anda, sube a tu cuarto —interrumpí a mi hermana, que pretendía hacer un relato pormenorizado del accidente—, es muy tarde. Yo me quedo aquí por cualquier cosa.

Consultó el teléfono y la observé escribir un mensaje. Le pregunté si mi sobrino había salido de fiesta.

–Es jueves –contestó, tajante, como si yo no supiera el día de la semana en el que estábamos, o como si yo no fuera lo suficientemente joven para estar al corriente de que los universitarios salían siempre los jueves, aunque en estricto sentido ya era viernes–. Acaba de llegar a su departamento –añadió.

Se incorporó y me analizó un momento en la penumbra, supongo que haciendo conjeturas sobre mi estado etílico. Hacía mil años que yo no vivía ahí con ellos, me había ido de casa cuando ella era muy pequeña, y no había vuelto salvo de vacaciones, siempre periodos cortos de tiempo; ¿cómo podía saber realmente quién era yo, en qué o en quién me había convertido? Me entregó el receptor de la alarma que les habíamos dado a nuestros papás para pedir ayuda en caso de emergencia, un sistema necesario sobre todo en las madrugadas, porque su cuarto estaba en el primer piso y el resto de las habitaciones en el segundo. Cuando iba de visita, yo no me alojaba en la que había sido mi habitación de la infancia, la que compartía con mi hermano mayor, porque mis papás la transformaron en el cuarto de la tele en cuanto los dos –mi hermano primero, yo después– nos fuimos a estudiar a Guadalajara. Usaba la que había sido la habitación de mis papás, porque ellos se habían trasladado al primer piso cuando remodelaron la casa para no tener que subir y bajar la escalera.

—Creo que no se han vuelto a dormir —dijo mi hermana—, del susto. Hace ratito todavía oí que platicaban.

—Descansa —le contesté—, yo me encargo.

Hasta ahora la responsabilidad de atender a mis papás había recaído casi siempre en mi hermana, la pequeña, que vivía con ellos; mis otros tres hermanos —Ángel, Luis y Uriel—, aunque no estuvieran presentes en el día a día, se organizaban para ayudarlos e iban a verlos cuando era necesario. Yo, en cambio, era el que me había ido lejos, el que no participaba, y por una vez me había ofrecido a hacerme cargo, a pasar con ellos unos días, llevar a mi mamá a que le hicieran unos exámenes médicos y, dependiendo de los resultados, a que le administraran el tratamiento recomendado.

De hecho, los exámenes ya se los habían practicado, pero necesitábamos que se los repitieran. El traumatólogo había sugerido una nueva técnica, experimental, que apenas empezaba a aplicarse en México y solo en hospitales privados. La promesa era grande, porque resolvería los vértigos, las jaquecas, los dolores de espalda, la fatiga, y mi mamá, nuestra mamá, no solo ganaría tiempo, sino, sobre todo, calidad de vida. El problema era que el tratamiento costaba, como mínimo, trescientos mil pesos, por lo que Ángel, mi hermano mayor —que era médico, como mi papá—, sugirió que lleváramos a mi mamá a Guadalajara para que él mismo le hiciera otros estudios en el gabinete de radiología donde trabajaba y analizáramos si había otras alternativas de tratamiento. Mis papás no tenían seguro social, ni seguro privado, por un error de previsión. Básicamente, como mi papá era médico, y como ellos habían tenido una vida saludable, nunca creyeron que lo necesitarían; como si no fueran a envejecer, como si nunca se fueran a enfermar de algo más grave que aquello que mi papá pudiera diagnosticar, recetar, controlar y curar; y, peor, como si mi papá fuera eterno, como si fuera a ejercer la medicina por siempre. En esa situación precaria nos encontró el ictus que había sufrido mi papá hacía diez años, meses después de jubilarse; resolvimos el asunto como pudimos, cavando un agujero para tapar otro, y felizmente mi papá sobrevivió sin secuelas graves, pero de nuevo volvíamos a estar en las mismas, ahora con las dolencias en la columna vertebral de mi mamá.

A mis hermanos y a mí nos iba más o menos bien, pero teníamos nuestras propias familias, hijos, hipotecas, rentas, colegiaturas, gastos y más gastos, cualquier imprevisto nos desequilibraba y luego nos costaba muchísimo recuperarnos. Menos mal que éramos cinco y siempre había alguien que podía hacerse cargo, nuestras circunstancias económicas se iban alternando, los altibajos equilibraban las contribuciones.

Esta vez yo había ofrecido aportar los ahorros que tenía para emergencias; cuando los transferí a una cuenta bancaria en México, tuve la mala fortuna de que en los últimos tiempos el peso se hubiera revalorizado, y resultaron ser ciento sesenta mil pesos –si hubiera hecho la operación una semana antes, habría obtenido ocho mil pesos más–. Esa cantidad no alcanzaba para el tratamiento de mi mamá, porque encima había que contemplar los exámenes médicos, los gastos de traslado y estancia en Guadalajara, más los imprevistos, pero confiaba en que Ángel, usando su red de excompañeros de la Facultad de Medicina, consiguiera un descuento.

Además, aunque esto no se lo había contado todavía a mis hermanos, por fin iba a vender el departamento que tenía con mi exesposa en Guadalajara, el departamento que habíamos comprado pensando en el futuro y que habíamos acabado de pagarle al banco cuando ya éramos pasado, cuando ya nos habíamos separado y yo estaba viviendo en el extranjero. Aprovechando que yo tenía que acompañar a mi mamá a Guadalajara el sábado para los exámenes médicos, había conseguido que nos recibiera el personal de guardia del notario el mismo día.

Mi actual esposa solía repetirme que ese departamento dejaba abierta la puerta al pasado, que había que cerrarla con llave, atrancarla, venderla, y yo solía contestarle que se trataba solo de dinero, aunque no era verdad, porque, de hecho, el dinero era la manera que tenía el pasado de perpetuarse. Ese departamento seguía siendo un lazo no solo con mi exesposa, sino incluso con su familia, porque luego de separarnos se lo habíamos rentado a unos tíos lejanos de ella. Era el dinero, pues, el que mantenía vivo el pasado, y para confirmarlo solo había que ver lo que pasaba en Lagos: las mismas familias que habían concentrado el poder económico en la Colonia, hacía cientos de años, eran las que continuaban controlando la vida del pueblo.

Me eché en el sofá que mi hermana había dejado calientito y la vi subir la escalera. La casa estaba en un silencio tan absoluto que juraría que era posible escuchar el crujido de los cimientos, el lamento de su cansancio por aguantar el peso de la construcción a través de los años. Miré el reloj en el teléfono, calculé, con cierta dificultad, la diferencia horaria, imaginé lo que estarían haciendo en ese momento mi esposa y mis dos hijos, nuestros dos hijos. Me dieron ganas de escribirle a mi esposa, pero me contuve, para no preocuparla. Ella había insistido en que no necesitaba estar al pendiente de ellos todo el tiempo, que estarían bien en mi ausencia y cuando volviera sobrarían ocasiones de compensarla, que me concentrara en lo que había venido a hacer a México, cuidar a mis papás, que resolviera esos asuntos rápido y anduviera con cuidado, porque últimamente en Lagos había mucha violencia.

La verdad era que cuando habíamos venido de vacaciones nunca nos había pasado nada, pero a ella no se le olvidaba la vez que me halló arrastrando la cama en la que dormiría uno de nuestros hijos, alejándola de la ventana, posicionándola en un ángulo donde no pudiera alcanzarla una bala perdida. Me acusaron de ser un exagerado, pero luego mis papás acabaron haciendo lo mismo en su habitación. También por eso –por el miedo a que me robaran, me extorsionaran, me secuestraran–, desde la primera vez que regresé yo había decidido no hablar de mi vida en el extranjero, ni de la profesional ni de la familiar, salvo con mis papás y mis hermanos; me iba bien pero la gente se hacía muchas fantasías, suposiciones que excedían en mucho a la realidad. Pronto me di cuenta de que esa precaución era inútil, porque nadie me preguntaba nada más allá de lo esencial, nadie insistía, nadie quería profundizar, conocer detalles, exactamente cómo me ganaba la vida, cómo eran mis días, cómo era el lugar donde vivía; les bastaba con saber que me había ido, que allá había conocido a mi actual esposa y allá habían nacido mis hijos, llegué a pensar que mi vida en el extranjero representaba algún tipo de traición que los ofendía.

Así que me contuve de escribirle a mi esposa; el que no se había contenido era Everardo, me había enviado un mensaje de WhatsApp hacía cinco minutos: «Te voy a matar antes de que te vayas, hijo de la chingada». Me dio risa que aclarara que no planeaba matarme después, cuando ya me hubiera ido, sino que iba matarme ahí, en el pueblo, en nuestro pueblo.

En realidad, Lagos ya no era un pueblo, se había

convertido en una ciudad pequeña en los últimos años, por mucho que yo le siguiera diciendo pueblo, por mucho que dentro de mi cabeza, en mi recuerdo, fuera todavía un pueblo, y por mucho que para atraer turismo le hubieran dado la denominación de *Pueblo mágico* –seguramente, *Ciudad mágica* no tendría el mismo impacto como reclamo publicitario–; pero ya quedaba muy poco del pueblo provinciano tranquilo en el que yo había crecido y prácticamente nada del pueblo rural rodeado de haciendas coloniales y de rancherías en el que había nacido mi papá y en el que mi abuelo, mi bisabuelo y mi tatarabuelo se habían dedicado a la agricultura y al comercio. La transformación la habían operado, en orden cronológico, el ganado, la industria láctea, las granjas de producción intensiva, las maquiladoras de productos electrónicos, las fábricas de autopartes, el narco y el lavado de dinero. Pensando en esto último, dejé de reírme: la amenaza de Everardo sonaba a ajuste de cuentas de la mafia por el control del territorio.

Asomé la vista hacia la habitación de mis papás, la luz del televisor se colaba por debajo de la puerta.

Me incorporé y pasé primero al lavabo, con la intención de mojarme la cara, pero, para variar, no había agua. Fui acercándome de puntitas a la puerta del cuarto de mis papás. Giré la manija con cautela, como si en lugar de asegurarme de que estuvieran bien sin despertarlos fuera a robarles la televisión, ¿por qué me sentía un intruso, un ladrón, cada vez que volvía a casa?

31

–Hola, mi amor, ¿cómo te fue? –dijo mi mamá al descubrirme espiando por la abertura de la puerta.

Le pedí perdón por despertarlos, aunque era evidente que no los había despertado.

–¿Cómo estás? –le pregunté.

–Mareada –me respondió–, como siempre.

Reparé en que no iba a contarme nada de su caída, quizá daba por hecho que mi hermana ya me lo habría explicado.

–¿A quién viste? –me preguntó.

Ella ya sabía que había quedado de verme con Everardo; lo que quería saber era si me había encontrado con alguien más.

–Nada más a Everardo –le contesté, no era hora de ponerme a dar explicaciones, mucho menos a mi mamá.

Me metí al cuarto y me desparramé en el sillón ortopédico, comodísimo, que mi papá había heredado de mi abuelo y en el que se pasaba el rato leyendo, viendo la tele, las horas pasar, recibiendo las visitas de sus nietas.

–Ah, pensé que también ibas a ver a Rolando –dijo mi mamá.

–No, quedé de verlo el sábado, cuando vayamos a hacerte los exámenes.

Rolando era mi mejor amigo de la infancia y el único con el que había mantenido contacto durante todos estos años. Vivía en Guadalajara desde que se había ido a estudiar la universidad.

–¿Y no se encontraron a nadie más? –insistió mi mamá.

No había nada más laguense que mantenerse informado permanentemente de la vida de los demás. En cuanto yo mencionara un nombre, el interrogatorio derivaría hacia el *cómo está, qué te contó, cómo lo viste*, una manera de confirmar la decadencia de la gente, que siempre resultaba estar más gorda, más acabada, más arrugada, más canosa, más demacrada, más enferma, más alcoholizada, más endeudada. La familia de mi mamá no era de Lagos, aunque podría decirse que ella era laguense por antigüedad; había llegado al pueblo en la adolescencia con su mamá y su hermano y fue la única que terminó quedándose, porque se casó con mi papá. Mi abuela y mi tío se fueron a Guadalajara, pero esa es otra historia.

—A nadie —mentí.

Nadie de Lagos se creería esa respuesta, porque en eso sí seguía siendo un pueblo, uno de esos lugares en donde todo el tiempo te encontrabas a alguien por casualidad.

Mi papá se mantenía callado, muy atento a la televisión, en la que dos detectives discutían porque se les había escapado un sospechoso al que tenían que interrogar.

—¿Qué ven? —les pregunté para cambiar de tema.

—Una película, se nos fue el sueño —respondió mi papá.

«No pensé que fuera él —decía uno de los detectives—, no teníamos identificado el vehículo, no consta en los registros.

»Eres un idiota —le contestaba el otro, que debía

33

ser el jefe, si le hablaba con semejante desprecio–, el coche es del tío que vive en la esquina, el hermano de su papá.

»Bueno, se ha inculpado. Y además ahora tiene un cómplice.

»*Una* cómplice –lo corregía el jefe.»

–¿Qué película es? –pregunté, porque de algo me sonaba.

–Quién sabe –dijo mi papá–, cuando la pusimos ya había empezado.

Mis papás seguían viendo la tele como antes, haciendo zapping a ver qué encontraban, les daba más o menos lo mismo, sobre todo a horas intempestivas, como en ese momento.

En la pantalla, al diálogo de los policías le había seguido una secuencia de imágenes de la huida del sospechoso por una carretera. Iba acompañado de una mujer mayor, una anciana, y estaba estresadísimo, se notaba a leguas que no toleraba nada bien su condición de inculpado.

–Lo están acusando de haber asesinado a un amigo de la infancia, pero es inocente –me contó mi mamá, preocupada por el honor del protagonista, o quizá solo aclarándomelo para que pudiera ver con ellos la película.

–No es inocente –intervino mi papá–, no se sabe todavía.

–Sí se sabe –insistió mi mamá–, el amigo murió de un ataque al corazón, salió en la escena de la autopsia.

34

–Y entonces, si es inocente, ¿por qué huyó? –replicó mi papá–. El ataque al corazón pudo ser provocado, hay pastillas capaces de matarte de un infarto fulminante.

–No se escapó –contestó mi mamá–, fue una casualidad. Tenía que llevar a su madre al médico, fue una emergencia.

–Hombre, una emergencia no fue –aseguró mi papá–, los exámenes médicos se podían reprogramar.

–Una urgencia no es solo que te estés desangrando o estés tirada en el piso convulsionándote –dijo mi mamá–, ¿qué tal que, si no te hacen el diagnóstico hoy, mañana ya sea demasiado tarde? Imagínate que hay un tratamiento que tarda veinte días en hacer efecto y hoy te quedan veinte días de vida. Si te lo diagnostican mañana, ya estás muerto. Ni pareces médico.

–Eso nunca pasa –explicó mi papá–, no seas exagerada.

–Claro, como no eres tú el que necesita los exámenes –insistió mi mamá–. Ya verás que es inocente.

Mis papás tenían más de cincuenta años de casados, durante los que habían experimentado mejores y peores tiempos, pero podría decirse que, en general, se habían llevado bien. Discusiones tuvieron siempre, nada del otro mundo, lo habitual en relaciones tan largas, especialmente conforme a mi papá se le había ido agriando el carácter y mi mamá había ido perdiendo la paciencia.

–Nadie es inocente, mamá –intervine yo.

Mi mamá desvió la vista de la tele para escrutarme en la penumbra. De veras que la voz me salía muy rara.

—¿Estás borracho? —me preguntó.

Sonreí. Evité su mirada. Cerré los ojos. Me quedé dormido.

Al despertar, descubrí que mi mamá me había echado encima una cobija y me había quitado los zapatos. Me desperecé. Seguí el rastro de los ruidos que venían de la cocina.

—¿Pudiste descansar? —me preguntó mi mamá.

Pensé que se refería a la borrachera, o a la cruda, pero aparentemente, por los comentarios que vinieron a continuación, yo había pasado la noche muy inquieto, con dolor de barriga y pesadillas.

A través de la ventana de la cocina se veían las ramas altas de la higuera seca del patio; seca en ese momento, hasta que volviera a florecer a principios del año siguiente. No pululaban alrededor, como era habitual, ni los pájaros, ni las avispas, ni los mayates, con los que competíamos ferozmente por los frutos. Quién sabe para qué los exterminábamos con tanto ahínco, si luego mi mamá ya no sabía ni qué hacer con tantos higos: postres, pasteles, mermelada, encurtidos, nos aburríamos de su sabor hasta el asco. Era una higuera blanca, provenía de la huerta de mi abuelo y había sobrevivido a manzanos, parras, limoneros y granados.

Por detrás de la higuera se divisaba el pueblo entero, la mancha de ladrillo desnudo y cantera rosada, y, más atrás, como telón de fondo, el horizonte azulado de la sierra de Comanja.

–No te preparé leche –me dijo mi mamá con tono recriminatorio–, te va a caer pesada.

En el fuego chisporroteaba el aceite en el que iba a freír unos huevos. Sobre la mesa del desayunador descansaban cuatro vasos de licuado, uno para cada uno de mis hermanos: dos de chocolate, uno de vainilla y uno de fresa. Faltaba uno más de chocolate, el mío.

–Siempre te pasa lo mismo y no aprendes –sentenció con severidad.

Bajé la cabeza porque ya se trataba de un regaño en forma.

–No deberías atiborrarte de cacahuates –añadió.

Me quedé callado porque defenderme hubiera supuesto confesarle que se trataba de una compulsión nerviosa, un síntoma de ansiedad, y que era por mucho preferible a cualquiera de sus alternativas: comerme las uñas compulsivamente, beber compulsivamente, fumar compulsivamente, consumir sustancias compulsivamente. Abrí el refrigerador, saqué la jarra de té de hojas de naranja, me serví un vaso, empecé a beberlo a sorbitos, como si estuviera convaleciente. Mi mamá golpeó un huevo en el filo de la encimera y volcó la clara en el sartén, reservando la yema. Ese huevo era para ella, porque se comía la yema aparte, cruda.

–¿Y mi papá? –le pregunté.

–Ya se fue al consultorio, ¿no ves qué horas son? Ve a cambiarte para que me acompañes a la farmacia. Se me acabó la medicina que no me puede conseguir tu papá.

Me empiné el té de un trago y renuncié mentalmente a comer algo, el estómago revuelto aconsejaba ser prudente.

–Diles a tus hermanos que bajen a desayunar –añadió mi mamá.

Subí a mi cuarto corriendo, saltando los escalones de dos en dos. Al irrumpir en el pasillo de las habitaciones, les iba a gritar a mis hermanos el recado de mi mamá, pero decidí no hacerlo para que los castigaran. Entré al baño y me lavé los dientes; cuando iba a terminar, escuché el alarido de mi hermana desde el otro baño:

–¡No agarren agua!

Mi hermana estaría tiritando en la regadera por el súbito corte de agua, fruto de una cadena de desastres que se remontaba a cuando nos mudamos de la casa del centro a esta casa en el cerro construida por un arquitecto inepto, ni más ni menos que el papá de Everardo. La casa tenía dos baños y un lavabo, pero al abrir una llave, la regadera, al dar descarga al escusado, nunca sabías si iba a haber agua o si estabas interrumpiendo el suministro en otro de los baños. Aunque desde el primer día quedó claro que la capacidad del aljibe era insuficiente para el tamaño de la casa y de nuestra familia, que la altura del tinaco era exagerada y que la bomba tenía escasa potencia, el papá de

Everardo se defendía argumentando que el verdadero problema era la falta de agua. En parte tenía razón, porque habían fraccionado los terrenos sin agua potable suficiente para abastecer a toda esa zona del cerro, con el insólito permiso del ayuntamiento –seguramente el alcalde se había llevado tajada– y la promesa de construir un depósito de agua. Pero ¿de quién era la inmobiliaria que había fraccionado el cerro? Nunca había acabado de entender si todo aquello nos había sucedido por la buena voluntad de mi papá, por su ingenuidad, por las prisas –porque habíamos tenido que mudarnos a las carreras–, o si no nos había quedado más remedio.

La casa era grande, para una familia grande: mis papás, mis tres hermanos, mi hermana, una sucesión de perros y gatos, los múltiples animales que Uriel iba adoptando y yo. Se suponía que ahí íbamos a estar más cómodos que en la casa del centro, pero resultó que la casa nueva tenía un montón de carencias y desperfectos: la primera vez que llovió, por ejemplo, salieron goteras en todos los cuartos, porque a mi papá se le había acabado el dinero y el papá de Everardo había sugerido que, como no era temporada de aguas, la impermeabilización podía hacerse más adelante.

En mi habitación, me encontré a Ángel sentado en la cama, viendo un partido de futbol en la televisión pequeña en blanco y negro.

–¿Qué hora es? –le pregunté, extrañado por el horario de la programación deportiva.

39

Me contestó que las nueve y media, las cuatro y media de la tarde en el lugar donde los jugadores perseguían la pelota.

—¿Es sábado? —le pregunté, extrañado—, ¿no era viernes?

—¿Te fuiste a dormir otra vez al cuarto de mis papás, güey? —replicó, sin resolver mis dudas sobre el calendario.

Me llevaba cuatro años y solía tratarme con cierto desdén, sobre todo por aquel entonces, cuando él ya era un adolescente y yo seguía siendo un niño.

—Mis papás me dejaron quedarme —le respondí.

Cuando nos referíamos a *mis* papás, a *mi* mamá, a *mi* papá, los nuestros, los de mis tres hermanos y mi hermana, lo hacíamos siempre usando el posesivo de la primera persona del singular, como si estuviéramos compitiendo por demostrar que eran más míos que suyos o más suyos que míos.

—¿Qué te pasó en la mano? —me preguntó Ángel, desviando un instante la mirada de la tele hacia los nudillos ligeramente enrojecidos e hinchados de mi mano derecha.

—Me resbalé y la metí para no pegarme en la cara —mentí.

—Qué pendejo.

Me apresuré a ponerme un pantalón de mezclilla, una camiseta, los tenis.

—¿Adónde vas? —me interrogó mi hermano.

No le importó la respuesta: en la tele acababan de anotar un gol de cabeza. Por algún extraño motivo, la relación que tenía con Ángel era siempre interrumpida por un gol en la televisión. Incluso aquel mediodía de domingo en que me había atropellado una camioneta lechera cuando todavía vivíamos en el centro, lo único que le había importado era que acababa de ver un gol de chilena. Un gol muy bonito, la verdad. También aquella vez, cuando me vio entrar a casa golpeado, le dije que me había resbalado.

Aproveché el festejo del gol para escabullirme.

En la puerta, mi mamá esperaba con la bolsa grande de la compra, lo que significaba que además de a la farmacia iríamos a otro lugar, quizá al tianguis, ahora que resultaba que era sábado.

–¿Vamos también al tianguis? –le pregunté.

–Es sábado –fue lo único que me contestó.

Se refería a que no podía ser sábado y no ir al tianguis, porque así eran las cosas en Lagos, o al menos en mi familia; las actividades se repetían rigurosamente, como si en vez de cumplir la rutina estuviéramos practicando rituales que, en caso de falta, nos condenarían a desgracias terribles. Ir a la farmacia era lo que se salía de lo habitual, y por eso era lo único que me había mencionado mi mamá; yo tendría que haber deducido que la salida incluía el tianguis.

Le dije que se quitara el delantal, porque no se había dado cuenta de que todavía lo llevaba puesto, y mientras lo hacía le di vuelta a las llaves encajadas en la cerradura.

–Espérate, también viene tu hermano –me ordenó.

Me pregunté cuál de los tres vendría: Uriel, segu-

41

ro que no, porque acabaría haciendo un berrinche para que le compraran un pollito, un canario, un hámster o una tortuga; Ángel era capaz de inventar excusas de lo más ingeniosas con tal de que lo dejaran frente al televisor el fin de semana, y seguramente se había ofrecido para quedarse a cuidar a Uriel y a Elena; tenía que ser Luis.

Efectivamente, en ese momento mi mamá gritó su nombre y Luis apareció lamiéndose los bigotes de licuado de vainilla.

–Apúrate, se van a acabar los nopales –lo apresuró mi mamá, revelando sus planes de compra, que yo, si pusiera atención, si tuviera buena memoria, podría haber adivinado.

Salimos al fresco del otoño: un cielo sin nubes, sol tibio, viento frío. Mi mamá metió la mano a la bolsa de la compra y me dio un suéter a mí y otro a mi hermano. Un perro callejero se aproximó para ver si le tirábamos algo de comida; mi mamá lo espantó con un ademán de repudio, abanicando el brazo como las vacas mueven la cola para espantar a las moscas, aunque tuvo la delicadeza de hablarle de usted.

–¡Sáquese, sáquese!

Llegamos a la esquina, donde vivían mis tíos –el hermano menor de mi papá y su esposa–; afortunadamente mi tía no estaba barriendo la banqueta ni vigilando por la ventana, porque si no nos hubiéramos quedado ahí atorados hasta que ella y mi mamá se pusieran al día de la familia, las amistades, las novedades en la colonia. Mi papá tenía nueve hermanos –tres hombres y seis mujeres–, y ese tío vivía en la esquina porque los terrenos se los había dejado de herencia mi abuelo. De hecho, los dos terrenos de en medio pertenecían también a la familia, eran de dos de mis tías –una vivía en Estados Unidos y la otra en la ciudad de México–, pero ellas solo construirían muchos años más tarde.

–¡Buenos días, señora! –gritó el Nene a lo lejos, a nuestras espaldas–, ¡ahorita paso por la basura, el camión ya viene bajando!

Mi mamá se dio la vuelta y le gritó que tocara fuerte el timbre, que insistiera, porque Ángel estaba viendo la tele.

–¡No se preocupe, señora, si no yo me brinco! –contestó el Nene con la candidez de un niño.

Nadie sabía muy bien la edad del Nene, era como si a la gente no le importara, como si su vida estuviera detenida en el tiempo, y por eso le decían Nene, la gente lo seguía viendo como un niño chiquito, aunque tuviera quince años o incluso dieciocho; tampoco era posible determinar su edad a partir de su aspecto físico, como sucede a menudo con las personas que padecen algún tipo de discapacidad intelectual.

Cuando dimos la vuelta a la derecha descubrimos por qué no nos habíamos encontrado a mi tía: la identificamos a lo lejos, una cuadra más abajo, en medio del alboroto que hacía un grupo de vecinos que se estaban agachando a recoger algo del empedrado. Lo que sea que fuera que estaban recolectando les causaba muchísima indignación, porque se lo mostraban unos a otros con gesticulaciones exageradas.

—¡Miren nada más! —exclamó mi tía, mostrándonos la palma de la mano, en cuanto nos vio acercarnos–, yo no sé adónde vamos a llegar.

Considerando la evidencia, su innegable materialidad, solo había un lugar al que era posible llegar siguiendo esa lógica: al cementerio. Mi mamá se incorporó al barullo sin pedir aclaraciones, como si ya supiera de qué hablaban.

—¿Qué pasó? —le pregunté, apretándole la mano con la que había espantado al perro.

Su mano cálida recibió la mía, adolorida, con exasperación. Se soltó al instante, porque yo ya estaba grande y tenía que aprender de una vez por todas a enfrentarme a la realidad, por muy sórdida que fuera.

–¿No te levantaste en la madrugada por eso? –me preguntó Luis.

–Tenía pesadillas –le respondí.

Poco a poco fui entendiendo que había habido una balacera y que había sido por eso que mis papás me habían dejado pasar el resto de la noche en su cuarto, en lugar de mandarme de vuelta al mío, como solían hacer.

La pared que teníamos enfrente, la de una casa que se distinguía del resto porque estaba pintada toda de blanco, contra esquina de donde se suponía que iban a construir el depósito de agua, estaba perforada de balazos. ¿Quién vivía ahí? Yo no lo sabía; mi mamá y mi tía seguro que sí, pero nadie ahí lo decía, nadie parecía preocuparse por ese detalle, en ese momento las especulaciones eran sobre quién habría perpetrado el ataque.

En esas andábamos, desperdiciando el tiempo durante el que se acabarían los nopales en el tianguis, cuando, de súbito y sin previo avistamiento, apareció Everardo a mi lado.

–¡Qué bárbaros! –ya estaba exclamando Irene, su mamá, sumándose a las quejas de los vecinos.

Ellos vivían dos cuadras abajo de la carretera, y habrían subido solo por el chisme, porque todos los recados y mandados los hacían en el centro.

Everardo intentó aprovechar el tumulto para separarme de mi mamá, empujándome poco a poco con el hombro, la cadera, los muslos y las rodillas, pero yo me mantuve firme, repegado a ella.

—Te voy a matar, cabrón —me susurró al oído, cuidándose de que nadie lo escuchara, porque se suponía, según nuestras mamás, que éramos mejores amigos, aunque mi verdadero mejor amigo, como ya dije, era Rolando.

Una amenaza de muerte, en la escena de un crimen, mientras la gente a nuestro alrededor discutía sobre la crisis de seguridad pública del pueblo, me pareció doblemente, triplemente, espeluznante. Me estremecí de terror. No estaba exagerando: otro de los matones de nuestra escuela, décadas después, iba a terminar siendo el líder de un cártel de la región.

Sin pensarlo, como si lo que dijera no fuera a tener consecuencias, como en los sueños, le dije:

—Te vas a morir de cáncer, pendejo.

Ni siquiera había acabado de pronunciar la frase y ya sentí el escupitajo en el rostro. Había sido un chisguete discreto, capaz de pasar desapercibido.

—En el páncreas —le especifiqué.

Entre que yo me había concentrado exclusivamente en Everardo, y que mi mamá seguía chismeando con las vecinas, nadie se percató de que Luis ya se había puesto a pintar la pared de los balazos. Estaba trazando unos circulitos de colores alrededor de cada agujero de bala con unos plumones que cargaba a todas partes, escondidos en los bolsillos del pantalón. A mis papás no les había quedado de otra más que aceptar que mi hermano les había salido artista y una de las consecuencias era que todos sus pantalones estaban manchados, porque a los plumones se les escurría la tinta por el calor.

Le jalé la manga de la blusa a mi mamá para que viera a mi hermano. Mi mamá se aproximó a Luis y lo trajo a mi lado, a nuestro lado, el de Everardo y mío. Lo hizo de manera discreta, guardándose la reprimenda para más tarde, para que los demás no se dieran cuenta. La verdad era que el sector de la pared que había pintado Luis había quedado muy bonito, como esas obras de arte que aparecían en los libros que pedía que le compraran en el tianguis.

—Vayan por los nopales, córranle, si no se van a acabar —nos dijo mi mamá, metiendo la mano al monedero y extrayendo un billete arrugado.

Tanta urgencia con los nopales merece una explicación: no es que hubiera escasez de nopales en aquella época, es que mi mamá solo se los compraba a una señora que subía al cerro a cortarlos esa misma mañana. Eran los nopales más tiernos del pueblo, los únicos que aceptaba mi mamá, y si se acababan había que esperar al día siguiente.

Luis y yo nos aprestábamos a partir cuando escuché la voz enérgica de la mamá de Everardo:

—Acompáñalos —le ordenó.

Me quedé inmóvil, con el billete apretado dentro del puño enrojecido e inflamado que todavía me punzaba de dolor; miré de reojo a Everardo, pero en su rostro no se apreciaba el más mínimo daño. ¡Vaya mierda de puñetazo le había dado!

—Órale, pendejo —me dijo Everardo.

Empezó a caminar hacia abajo, justo en dirección a donde estaban las obras del depósito de agua. Varias de las calles de los alrededores estaban destripadas por la instalación de la tubería, lo que nos obligaba a ir dando rodeos. Traté de alcanzarlo.

—Por ahí no se puede —le dije.

—Sí se puede —respondió, sin detenerse.

Mi hermano se fue con él, muy quitado de la pena, absorto en ese mundo de colores y formas en el que vivía inmerso. Me resigné a seguirlos, pero en cuanto estuvimos fuera del alcance de nuestras madres, media cuadra más abajo, Everardo se detuvo para confrontarme.

—Dame el dinero.

Apreté más fuerte el puño y lo escondí detrás de mi espalda.

—Que me des el dinero.

Me empujó con los dos brazos, fuerte, y me caí de espaldas al suelo. Se sentó a horcajadas sobre mi panza.

—Dale el dinero —suplicó Luis, asustado.

Observé a Everardo: estaba carraspeando para darle forma a un gargajo, atrayendo saliva y mocos a la boca. ¿Cuántas veces habíamos estado en esa posición, él arriba, encima de mí, aplastándome, amenazando con golpearme o golpeándome ya, demostrándome su fuerza, imponiéndome su voluntad? Por detrás de la cabeza de Everardo, el cielo impasible de otoño, completamente despejado, me advertía de que nadie iba a venir a salvarme.

Le entregué el billete. Escupió al lado de mi rostro, salpicándome.

—Así me gusta.

Retomamos el camino y, antes de que acabara de sacudirme el pantalón, vi que el Nene se aproximaba corriendo, gritando mi nombre, batiendo los brazos para llamar mi atención.

—Espérense —les dije a Everardo y a mi hermano.

Everardo fingió no haberme escuchado y Luis continuó a su lado. Yo me quedé quieto para que el Nene me alcanzara. Venía rapidísimo, como si la vida le fuera en ello. De alguna manera, era verdad: en eso se le iba la vida, en cumplir sus obligaciones maniáticamente.

—¡No me abren la puerta y el camión de la basura ya viene bajando! —me gritó, desesperado, cuando me tuvo cerca.

—Toca más fuerte —le contesté—, ahí está mi hermano.

—Acompáñame —me suplicó.

Miré hacia adelante: Everardo y Luis se iban alejando, más me valía darme prisa antes de que los perdiera de vista, no podía dejar solo a mi hermanito con Everardo.

—Yo no tengo llaves —le dije—, si no te abren te brincas.

Salí corriendo sin darle oportunidad a que insistiera, no paré hasta alcanzar a Everardo y a Luis, que se habían detenido ante una zanja que impedía el paso. Había palas y picos tirados, abandonados, costales de material de construcción, tubería, los trabajadores andarían por ahí desayunando desde hacía meses o años.

Everardo se asomó al interior de la zanja. Yo medí

su anchura, un metro y medio, mínimo, y su profundidad, dos metros, cuando menos.

—Tú primero —me dijo Everardo, señalando con las cejas al agujero, como si en lugar de atravesarlo me estuviera ordenando que me tirara dentro.

Salté antes de que me diera más miedo, sabiendo que si lo dejaba crecer me paralizaría, y no fue por valiente, no, al contrario, fue por cobardía, porque sabía que, si titubeaba, aunque fuera un segundo, Everardo me empujaría y yo acabaría en el fondo del hoyo esperando a que me rescataran, como el niño que se había caído a un pozo en un cuento que leímos en la escuela.

En cuanto aterricé del otro lado, por los pelos, desmoronando terrones de la orilla, me di cuenta de que mi hermano no lo lograría. Era dos años y ocho meses menor que yo y, por si fuera poco, era despistado, atrabancado y malo para los deportes. También era muy impulsivo.

Antes de que pudiera impedírselo, lo vi saltar exhortado por Everardo.

Lo vi desaparecer en la zanja.

Vi a Everardo retorcerse de la risa.

Ja ja ja ja.

Ja ja ja ja.

Ja ja ja ja.

Me desperté del susto, entre los gritos de mi hermana, que se alternaban con la campanilla del timbre, ambos insistiendo, una y otra vez, una y otra vez.

50

—¡Abre! ¡Es la señora de los nopales!

En la penumbra, contemplé a mis papás, que dormían a pierna suelta a pesar de que hacía un buen rato que había amanecido. Ellos seguían despertándose muy temprano, aunque no tuvieran obligaciones, no solo por costumbre familiar, sino porque en Lagos, aunque ya no fuera un pueblo rural, una cosa que sí se había mantenido era el horario de levantarse a ordeñar a las vacas; aquel día, sin embargo, el resbalón de mi mamá en la madrugada justificaba que durmieran hasta tarde.

Consulté la hora en el celular y averigüé si había sucedido algún imprevisto, alguna cosa urgente, en mi vida en el extranjero, pero no había nada, ningún mensaje de mi esposa o de mis hijos. Mi vida allá era apacible, monótona, segura, nunca pasaba nada fuera de la rutina, era muy difícil que ocurriera algo inesperado, y esa era, de hecho, una de las razones por las que no había regresado a México.

Pensé en Luis, que a esas horas ya estaría desayunando con mi cuñada y mi sobrina o andaría corriendo por las calles del centro de Guadalajara, o quizá estuviera todavía dormido como mis papás, también por causa justificada: haberse desvelado en su estudio pintando, porque dentro de unas semanas tendría una exposición importante en un museo.

Me incorporé del sillón ortopédico. Estaba crudísimo.

—¡Voy! —les grité a mi hermana y a la señora de los nopales, dos pájaros de un tiro, luego de cerrar tras de mí la puerta del cuarto de mis papás.

—¿Van a querer nopales? —preguntó un niño en cuanto asomé la cabeza a la calle.

Tendría siete u ocho años y debía ser el hijo de la señora de los nopales. Desde que mis papás habían envejecido, muchas de las cosas que necesitaban les llegaban directo a la puerta de casa, ya fuera a través de vendedores ambulantes, del Nene o de los servicios de un muchachito que iba y venía por todo Lagos haciendo recados en su motocicleta.

Le dije que sí y le pregunté si no debería estar en la escuela. Me contestó que era día festivo. Claro: por eso Everardo me había invitado a salir en jueves, no porque fuéramos jóvenes o universitarios.

El niño me entregó una bolsa de nopales sin consultarme la cantidad que queríamos; yo tampoco le dije nada, todo el tiempo me aprovechaba de esos automatismos que se habían establecido mientras yo hacía mi vida lejos. Le pregunté cuánto era. Se quedó dudando, pero no del precio de los nopales, de otra cosa que parecía no animarse a decir. Finalmente se decidió, metió la mano al bolsillo del pantalón y extrajo un casquillo de metralleta.

Me contó que se lo había encontrado en el cerro, allá por donde subía a cortar los nopales con su mamá, y que había un montón, que el cerro estaba lleno, que la gente que vivía por allá decía que había habido un enfrentamiento.

—¿Lo quiere? —me preguntó.

Comprendí que me lo estaba vendiendo o, para ser precisos, que me lo estaba ofreciendo a cambio de una propina. Fui a buscar mi cartera: me quedaban setenta pesos. Al llegar a México, había sacado del cajero solo un poco de efectivo de mi cuenta mexicana, porque ese dinero era para el tratamiento de mi mamá, y no sacaba de mi cuenta extranjera porque me cobraban unas comisiones diabólicas. Los nopales costaban cuarenta pesos, así que le di cincuenta y no le pedí cambio.

Lo hice sin alevosía, simplemente quise ayudar al niño, darle esos diez pesos con los que él podría comprarse un refresco, pero en cuanto cerré la puerta me vino, fulgurante, la idea. Coloqué el casquillo en mi mano izquierda y, sobreponiéndome al dolor que palpitaba en mi mano derecha, le hice una fotografía con el celular. Abrí el WhatsApp, localicé el mensaje de Everardo y contesté a su amenaza de muerte con la imagen, como en las películas:

Me senté en el sofá de la sala estremeciéndome de las carcajadas.

—¿De qué te ríes? —me preguntó Elena, que venía bajando las escaleras con una toalla anudada en la cabeza para secarse el pelo.

—¿Hay agua? —le contesté, extrañado, pero sobre todo para cambiar de tema.

—Vino la pipa hace rato, ¿no escuchaste?

No, no había escuchado.

—¿De qué te reías? —insistió mi hermana.

Aproveché que tenía el teléfono en la mano para inventar una mentira convincente; ya bastantes problemas había tenido en la madrugada intentando justificar mi comportamiento.

—De nada —le contesté—, un meme que me mandó Luis.

Para evitar que me pidiera que se lo enseñara, añadí de inmediato:

—¿Te acuerdas cuando se cayó a la zanja? Tuve un sueño rarísimo con eso, una pesadilla.

—Oye, ¿viste lo que publicó Everardo? —me interrumpió mi hermana.

—¿Dónde? —le pregunté.

—En Facebook.

Le recordé que desde hacía muchos años yo no usaba Facebook.

—Pensé que sí entrabas, para chismear —me dijo mientras me pasaba su celular.

En la pantalla había una fotografía mía, una que Everardo había tomado en el bar sin que yo me diera cuenta. El texto, escrito más o menos a la misma hora de la madrugada en la que me había enviado la amenaza de muerte, con la sintaxis de un borracho o de alguien al que nunca le interesó estudiar, decía que una de las cosas más dolorosas de padecer una enfermedad grave era descubrir los verdaderos sentimientos de personas que creías que te apreciaban, gente que, en lugar de apoyarte cuando más lo necesitabas, te hacía daño, querían verte hundido lo más pronto posible, que desaparecieras de su vista para no molestar, que te murieras de una vez. Luego venía una parte que de veras no se entendía, pero parecía estar relacionada con lo mal que le estaban yendo los negocios, y terminaba prometiendo que él no iba a rendirse, que él se iba a curar para demostrar que era más fuerte que el odio de los demás.

El contraste entre el tono quejumbroso del mensaje y la fotografía que lo acompañaba —se me veía cara de pervertido o, cuando menos, de borracho— producía el efecto de los anuncios de «Se busca», «Recompensa por información», «Alerta», exponiéndome al desprecio y juicio públicos.

—Necesito algo para el dolor de cabeza —le dije a mi hermana—, aguanta.

Fui a la cocina a servirme un vaso de agua para tomar el analgésico, la cabeza me iba a explotar. A través de la ventana se veían las ramas altas de la higuera seca del patio; seca en ese momento, hasta que volviera a florecer a principios del año siguiente. Por detrás de la higuera se divisaba el muro de la casa del vecino, que nos había obstruido la vista panorámica del pueblo. Habían levantado el muro hacía bastante tiempo, pero después de que yo me fuera de casa, por lo que cada vez que entraba a la cocina la memoria me traicionaba: esperaba, de manera inconsciente, observar la mancha de ladrillo desnudo y cantera rosada, y, más atrás, como telón de fondo, el horizonte azulado de la sierra de Comanja, y me topaba, en cambio, con una pared blanca.

–¿En serio le pegaste a Everardo? –me preguntó Elena cuando volví a la sala.

Ella tampoco creía que yo pudiera ser capaz de hacerlo, o, más bien, que hubiera sido capaz de haberlo hecho. Mi insistencia le hizo considerar la remota posibilidad de que fuera cierto.

–¿No me crees? –le contesté.

–¿Pues qué pasó?

Si yo quería que me creyera, iba a tener que refutar la fama de víctima que me había ganado a pulso en la familia; pero el paso de víctima a victimario era arduo y trabajoso, iba a tener que contarle bien lo que había pasado aquella madrugada.

En realidad, todo había sido culpa de Everardo, y ni siquiera había sido necesario que se esforzara demasiado; había bastado con que se comportara como siempre, con que siguiera siendo el mismo, quizá un poco peor, una versión empeorada de sí mismo, madurada, como un queso podrido.

El bar lo había escogido él, porque, como seguía viviendo en Lagos, se sintió con derecho a imponérmelo. Yo hubiera preferido ir a una cantina o a un restaurante de los clásicos, de toda la vida; en cambio, Everardo había querido llevarme a un sitio nuevo en el malecón, un bar de cervezas artesanales y alitas de pollo, según él un lugar tranquilo donde podríamos platicar a gusto; luego resultó que era un bar bastante ruidoso, de moda, nuevo pero viejo, la música y la decoración estaban pensadas para cuarentones como nosotros o, a juzgar por la clientela, para jóvenes que habían nacido viejos, que querían ser cuarentones cuanto antes, o que ya lo eran, en espíritu, vestidos con el uniforme del pueblo: camisa a cuadros, pantalón de mezclilla, botines, cinturón piteado.

Quizá si el bar hubiera cerrado a una hora decente, como se decía antes, y como yo mismo ya dije antes, y quizá si no sirvieran cervezas artesanales, que emborrachaban más rápido, yo no le habría acabado pegando a Everardo. Pero ya va siendo hora de contarlo todo desde el principio.

Empezamos hablando de los amigos de la primaria, era el nexo obvio, aunque se trataba de gente a la que yo tenía años de no frecuentar, gente a la que yo no llamaba cuando venía al pueblo, a pesar de que a algunos de ellos realmente los apreciaba. Curiosamente, Everardo no mencionó a Rolando; me imaginé que le tenía envidia porque ganaba mucho dinero. Yo andaba calculando qué iba a contarle sobre mi vida y qué no, cuánto iba a reservarme, incluso a mentir, con tal de mantenerlo a raya, pero en toda la noche ni siquiera se molestó en preguntarme cómo estaba.

Luego, hablando de trabajo, Everardo acaparó la plática para quejarse de cómo internet había destruido el negocio de su agencia de viajes en los últimos tiempos. A eso le achacaba estar envejeciendo mucho peor que yo; él lucía como mínimo diez años más grande, aunque yo, que aún no estaba enterado de lo del cáncer, me imaginé que más bien se debería a que yo llevaba una rutina relativamente sana y él se había pasado media vida combinando el consumo de alcohol y drogas con la práctica de deportes extremos. De hecho, la última noticia que me había llegado de él era que se había fracturado varios huesos al caerse de un parapente. Tenía poco pelo, estaba delgado, cuerpo fibroso, pero no daba la impresión de fortaleza, sino de fragilidad, rostro colorado, abotargado, el semblante típico de quien bebe con asiduidad, y en el poco pelo muchas canas.

En algún punto, Everardo, que ya había convertido la conversación en un monólogo, se enfrascó en una tediosa exposición de porcentajes de comisiones de hoteles, aerolíneas, tour operadores, restaurantes. Ahí fue cuando empecé a pelar cacahuates, como si la cifra descendente de comisiones que le pagaban a Everardo, cinco, cuatro y medio, tres, dos, uno, tuviera una relación inversamente proporcional al número de cacahuates que yo iba pelando. Era una de las pocas cosas buenas del bar, que ponían gratis los cacahuates con cáscara, y conforme desaparecían el mesero volvía a traer otro cuenco repleto.

La cháchara de Everardo y el movimiento mecánico de mis dedos produjeron el doble efecto de adormilarme, de pronto parecía que todo estuviera ocurriendo dentro de un sueño. Empecé a batallar con los bostezos, intentaba contenerlos dentro de mi boca, pero era demasiado aire, y acabé disculpándome, era una cosa que solía hacer cuando era niño todo el tiempo, sobre todo con Everardo: pedirle perdón.

–Es el jet lag –me excusé, aunque había dormido perfectamente desde la primera noche en México.

Su mano derecha se perdió en el bolsillo interno de su chamarra, que reposaba en el respaldo de la silla en la que estaba sentado.

–Tómate esto –dijo.

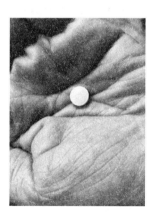

Le pregunté qué era.

–Melatonina –me contestó, esbozando esa media

sonrisa idiota que iba a provocar que le soltara un chingadazo más tarde.

Me quedé analizando la pastilla, desconfiado. ¿Qué sería? ¿Benzodiacepina? ¿Anfetamina?

—Te va a regular el sueño —añadió.

En cuanto Everardo se distrajo para intentar que el mesero nos trajera otras dos cervezas, escondí la pastilla entre el desorden de servilletas, vasos y platos que había sobre la mesa.

Una cerveza después no aguantaba más la perorata de Everardo, la secuencia de canciones que había escuchado miles de veces en la adolescencia, el desfile de rostros que me resultaban vagamente conocidos, ¿qué hacía ahí?, ¿por qué había venido?, ¿por qué había aceptado la invitación de Everardo?, ¿por qué había dejado que mi hermana me convenciera? Esa noche se estaba convirtiendo en la síntesis perfecta de todo aquello de lo que me había escapado.

—Voy al baño —le dije a Everardo, hastiado, necesitaba un descanso.

—Yo también —replicó.

Se levantó sin darme opción a que reaccionara y me siguió mientras atravesaba el bar dirigiéndome al fondo a la derecha, como mandan los cánones.

Al empujar la puerta del baño, advertí que estaba atrancada.

—Espera —me ordenó Everardo, apartándome.

Tocó con los nudillos tres veces, fuerte, por encima de la música a todo volumen. La puerta se entreabrió lo suficiente para que quien fuera que estuviera dentro inspeccionara a quien fuera que quisiera entrar. Pasamos.

En el interior del baño, un muchachito nos dio la bienvenida. Era un chavo común y corriente, sin ningún rasgo que llamara la atención, aunque la sudadera que vestía era exagerada, para frío polar. Muy probablemente era menor de edad, podría ser uno de mis sobrinos.

—Qué onda, Sinba —lo saludó Everardo.

—Contra la pared —me dijo el muchachito, que olía fuerte a sudor, aunque me pareció que más que llevar mucho tiempo sin bañarse, como sugería su apodo, no usaba desodorante e iba demasiado abrigado.

—¿Cómo? —exclamé.

—Tiene que cachearte —me explicó Everardo.

Los miré a los dos alternativamente; iban en serio. Examiné el baño y analicé la situación: no había nadie más, el Sinba había atrancado la puerta de nuevo y el barullo de afuera nos aislaba por completo. El aspecto del muchachito estaba lejos de ser intimidante, pero no quise averiguar si iba armado, así que lo obedecí.

Mientras el Sinba revisaba lo que yo traía en los bolsillos y me manoseaba las costillas y la cadera, creí comprender lo que Everardo había planeado. Él sabía que yo no me tomaría la pastilla, había pensado que me la guardaría en el bolsillo del pantalón, estaba seguro de que tendría que ir en algún momento al baño, donde el Sinba, como no me reconocería, me daría un escarmiento por introducir mercancía de afuera: me metería un susto, me obligaría a comprarle, me pegaría una paliza, cualquiera de estas opciones o todas ellas, en ese orden. Era la práctica habitual con la que los cárteles controlaban el territorio, yo lo había leído muchas veces en las redes sociales.

–Chido –dijo el Sinba, al concluir su auditoría.

Everardo tronó la boca, supuse que decepcionado. Acto seguido, el Sinba comenzó a enumerar su oferta.

–¿A él no lo cacheas? –lo interrumpí.

Retomó el listado de estupefacientes desde el inicio. Everardo sonrió, burlándose de mi ingenuidad, aunque yo lo que había pretendido era que él se diera cuenta de que yo sabía lo que estaba pasando. Cuando el Sinba terminó, le dije que no quería nada.

–¿Entonces a qué chingados vinieron? –preguntó.

–A orinar –le contesté.

–Danos chance –le pidió Everardo.

En eso, otro tipo entró al baño, sin tocar la puerta, sin pedir permiso, solo empujó el rectángulo de madera con violencia, como si el baño le perteneciera.

–¿Qué pedo? –le dijo al Sinba–. ¿Ya te pagó este pendejo?

Everardo me agarró del antebrazo y me habló en susurros, como si los otros dos no estuvieran ahí al lado.

–Préstame efectivo, ahorita nos ponemos a mano con la cuenta –me pidió.

Hice un ademán como para decirle que no traía dinero o que traía muy poco.

El tipo empujó a Everardo y, en el mismo movimiento, le sacó la cartera del bolsillo del pantalón. No traía nada. Yo me apresuré a sacar la mía y les di un billete de quinientos pesos, con tal de que no me quitaran todo —me quedaron ciento cincuenta.

—¿Nomás? —dijo el tipo—. ¿Cuánto nos debe? —le preguntó al Sinba.

—Como dos mil pesos —contestó el Sinba.

—¿Como dos mil? —respondió el otro—. ¿Dos mil cien? ¿Mil novecientos? ¿Mil novecientos noventa y nueve?

—Mañana te pago todo —intervino Everardo—, en serio.

Un celular comenzó a vibrar. El tipo miró la pantalla. Salió del baño sin dignarse a despedirse con una amenaza, seguramente tenía cosas más importantes que cobrar dos mil pesos.

—¿Podemos mear? —le preguntó Everardo al Sinba.

—En chinga —replicó el Sinba.

En cuanto salió, Everardo se recargó en la puerta.

—Lo bueno es que era un lugar tranquilo —le reclamé.

—Así es en todos lados —respondió—, si no sabías es porque no vives aquí, no te enteras de nada.

El reproche me molestó muchísimo, era una de las cosas que más me hacía enojar, que la gente me echara en cara que ya no sabía cómo eran las cosas en México, esa superioridad moral con la que me castigaban por haberme ido. Sin embargo, aunque viviera fuera hacía tanto tiempo, yo sí sabía cómo eran las cosas no solo en México, sino incluso en Lagos, me mantenía informado, estaba al día, seguro sabía más de la disputa entre los cárteles por el control del pueblo que quienes vivían ahí, que preferían no enterarse, no investigar, para no vivir aterrorizados. Pero no iba a ponerme a discutir en ese momento, había que apurarse, evitar que el Sinba entrara de vuelta.

—No te asustes, no muerden, son puro pinche teatro —añadió Everardo, sonriendo, paternalista, burlándose de que yo no supiera reaccionar en situaciones violentas.

Aunque había dos escusados y cuatro mingitorios, todos disponibles, Everardo seguía apostado en la puerta.

—¿No vas a mear? —le pregunté.

—Tú primero —me ordenó.

La verdad era que no tenía muchas ganas de orinar, mi intención había sido escaparme de Everardo aunque fuera un ratito, mojarme la cara, ver si así despertaba de aquella pesadilla, incluso agarrar valor para no volver a la mesa, escabullirme del bar, largarme a casa de mis papás.

Demoré bastante en expulsar unas miserables gotitas.

—¿Te has checado la próstata? —me preguntó.

Le contesté que sí, aunque no había ido al urólogo desde hacía dos o tres años. Me subí la bragueta y me retiré del mingitorio. Empecé la ceremonia de lavarme las manos.

—¡Espera! —dijo Everardo, posicionándose—. Escucha.

Orinó con un chorro fuerte, vigoroso, largo, de más de diez segundos.

—¿Ves? —me preguntó, como si acabara de demostrar la validez de alguna teoría que hubiéramos estado debatiendo.

Nos lavamos las manos en silencio. Me disponía a salir cuando me puso la mano en el pecho para detenerme.

–¿No te das cuenta? –me dijo.

–¿De qué? –le contesté.

De veras no tenía la más mínima idea de qué se suponía que tendría que haber descubierto.

–La próstata, el desabastecimiento en tu casa, el depósito de agua que no terminan de construir nunca –respondió–. Chorritos de agua. Chorritos. ¿Crees que es casualidad? Todo eso está en tu cabeza. Piénsalo.

Salimos del baño, pero ahora dejé que Everardo fuera adelante para que se enfrentara primero a lo que fuera que afuera nos esperara. La precaución resultó inútil, porque tanto el Sinba como su jefe brillaban por su ausencia.

Everardo caminó entre las mesas sin prisa, inspeccionando a la concurrencia, de verdad era tan imbécil que no dudé que pretendiera ligar a pesar de estar casado, aunque quién sabe si ya se habría separado de nuevo, algo muy probable pero de lo que todavía no habíamos hablado. Se había casado tres o cuatro veces, no me acordaba bien, no lo sabía, y tenía una ristra de hijos, el más pequeño un bebé, el más grande ya treintañero, un pecado de la adolescencia.

Se aproximó a la mesa de un grupo de japoneses que luego –cuando me los presentó– resultaron ser coreanos, ejecutivos de una de las fábricas que se habían instalado en uno de los parques industriales del pueblo. Según Everardo, eran sus clientes, les organizaba excursiones a la sierra de Comanja donde hacían actividades de *construcción de equipo* –lo pronunció en inglés–. Le pidió a uno de los meseros que les trajera una ronda de tequilas a su cuenta, contó un chiste racista de chinos, se rió solo a carcajadas, se despidió y nos instalamos por fin de vuelta en nuestra mesa.

–Mira nada más quiénes llegaron –me dijo de pronto, en cuanto acabábamos de acomodarnos.

Observé hacia donde señalaba con las cejas, le encantaba dar órdenes con las cejas. Levantó el brazo derecho y lo agitó para llamar la atención de las dos mujeres que observaban el panorama analizando dónde sentarse.

–Buenas noches, señoritas –les dijo cuando se aproximaron.

–Hola –me descubrí diciendo yo, avergonzado, alternando la vista entre los dos rostros que se me presentaban.

Sin darme cuenta, me había puesto de pie, demostrando una cortesía pasada de moda.

–¿No sabes quiénes son? –me preguntó Everardo.

Se refería a las dos, aunque solo miraba a una de ellas, a aquella a la que él sabía que resultaba imposible que yo no pudiera reconocer, por mucho que hubieran transcurrido más de treinta años.

–¿En serio no las reconoces? –insistió.

Traté de fingir más desorientación de la que sentía, me venía bien sobreactuar un poco para ganar tiempo, reponerme de la sorpresa.

—¡Son Berta y Leticia, pendejo!

—Mucho gusto —dije, no sé por qué, quizá fue un automatismo a la mención de los nombres.

—¿Mucho gusto? —repitió Everardo en tono de burla.

Ja ja ja ja.

Ja ja ja ja.

Ja ja ja ja.

Un escalofrío me atravesó desde atrás, agarrándome desprevenido, como si viniera de muy lejos. Sentí vértigo, mareo, me estaba cayendo hacia adentro.

Me hinqué en el borde de la zanja y miré hacia el fondo.

—¡¿Estás bien?! —le grité a mi hermano.

Desde el otro lado de la zanja, en el futuro, se escuchaban las carcajadas de Everardo.

Ja ja ja ja.

Ja ja ja ja.

Ja ja ja ja.

—Ve a avisarle a mi mamá —le supliqué, aun sabiendo que se negaría, porque nunca aceptaba órdenes mías.

—Hay que sacarlo nosotros —respondió, por fin conteniendo la risa—, si no nos van a castigar.

Tenía razón. Nos iban a dejar sin televisión, sin comprarnos nada en el tianguis, sin el dinero del domingo, sin permiso para salir de casa. Y nos iban a obligar a lavar el coche, barrer la banqueta, pasear al perro, recoger sus cacas.

—¡¿Estás bien?! ¡¿Me oyes?! —volví a gritarle a mi hermano.

Me refería a si estaba vivo, el resto ya se vería después. Caerse a un agujero produce horror no solo por el peligro real de la caída, el riesgo de hacerse daño o incluso fallecer por el golpe, sino porque además presagia —otro mal presagio— el lugar al que todos habremos de caer un día, nuestro sepulcro definitivo.

—¡Cállate! —me dijo Everardo—, cómo vamos a oírlo si no paras de chillar.

Otra vez tenía razón. Ese era uno de los problemas con Everardo: era listo; o quizá no era listo, pero a mí me lo parecía y solía aceptar que sus argumentos, ideas, opiniones o juicios tenían más sentido que los míos.

Nos agachamos y asomamos la cabeza al agujero. Desde el fondo se alcanzaba a escuchar que mi hermano arañaba la pared de la zanja para intentar treparla. Introduje el brazo para ayudarlo, pero no llegaba. ¿Qué tan honda sería la zanja? ¿Qué profundidad requeriría la instalación de la tubería de agua? ¿Qué tanto habrían avanzado ya los trabajadores en cavarla?; aparentemente no mucho. La lentitud e ineficacia, de la que tanto se quejaban los adultos, le había salvado la vida a mi hermano.

Miramos alrededor, entre las herramientas que estaban por ahí tiradas, para ver si algo nos servía.

–Podemos usar esto –dijo Everardo.

Era una soga larga. Quizá los trabajadores la usaran para lo mismo, para entrar y salir de la zanja. Everardo saltó de mi lado sin problemas, del futuro al pasado. Lanzamos una punta de la cuerda al fondo de la zanja.

–¡Agárrate! –le gritamos a mi hermano.

–¡Una, dos, tres! –dijo Everardo. Tiramos con todas nuestras fuerzas, yo menos que Everardo, porque además de que él era más fuerte, el dolor en mi mano derecha me impedía apretar demasiado. Nos caímos de espaldas. La soga salió de la zanja suelta, solitaria; sin mi hermano.

–Qué pendejo –dijo Everardo.

–¡Agárrate fuerte! –chillé hacia el fondo de la zanja. Repetimos la operación, insistiéndole a Luis en que solo íbamos a poder sacarlo si él no soltaba la cuerda, y ahora sí notamos el contrapeso.

–Aguanta, fuerte, fuerte, no seas maricón –me dijo Everardo.

–¡No te sueltes! –le grité a mi hermano.

Luis fue emergiendo poco a poco, escalando la pared de la zanja. Tenía el rostro completamente cubierto de una mezcla de sangre y lodo y la mirada perdida, como si hubiera vuelto de la muerte. Everardo dio el jalón final, enérgico; mi hermano salió a rastras, rebotando como animal revolcado.

Ja ja ja ja.

Ja ja ja ja.

Ja ja ja ja.

–¿Me salió sangre? –preguntó mi hermano, sacudiéndose la tierra de los pantalones.

De entre todos los innumerables y variados accidentes que teníamos por aquella época, los que incluían sangre ameritaban especial alarma.

–Voy por mi mamá –dije, sollozando, apenas podía aguantarme el llanto del miedo.

Everardo me lo impidió.

–Nos van a castigar –volvió a decir–, no le pasó nada, no seas exagerado.

–¿Me salió sangre? –preguntó de nuevo Luis.

–Hay que lavarle la cara –me dijo Everardo.

Pero ¿cómo íbamos a lavarle la cara, si justamente lo que faltaba en la colonia era agua?

–Vamos a mi casa –dijo Everardo.

Como ya expliqué, ellos vivían dos cuadras abajo de la carretera, y, por insólito que parezca, esa frontera marcaba la escasez y la abundancia de agua. De nuestro lado, arriba, en el cerro, la pendiente pronunciada complicaba el abastecimiento, aunque, como ya conté también, lo que más lo dificultaba era la corrupción administrativa. En aquel entonces al menos habían iniciado la construcción del depósito de agua, o eso se suponía, gracias a que el nuevo alcalde era nuestro vecino de enfrente, lo habían nombrado alcalde interino luego de que el anterior se robara hasta los picaportes de las puertas del ayuntamiento. Mi papá decía que solo había aceptado el puesto –que nadie quería en ese momento, por el desprestigio– con la condición de que lo dejaran construir el depósito de agua para nuestra colonia. Le prometieron que sí, pero lo que no le aclararon fue que no había presupuesto.

Llegamos a la orilla de la carretera que atravesaba Lagos y lo conectaba con Guadalajara, por un lado, y con León y Aguascalientes, por el otro. El único semáforo del pueblo estaba ahí, servía para obligar a que los camiones disminuyeran la velocidad. En ese semáforo íbamos a estar a punto de matarnos años más tarde, en la adolescencia, una madrugada en que Everardo iba manejando el coche de su papá y se saltó el rojo a toda velocidad jugando al paso de la muerte. También en ese semáforo iba a estrellarse mi papá a los ochenta años, cuando la carretera ya se hubiera convertido en boulevard, después de que hicieran el libramiento; acababa de jubilarse e iba al centro a hacer unos trámites cuando le dio el ictus.

—¿Me salió sangre? —preguntó otra vez mi hermano.

—Ya te dijimos que no —mintió doblemente Everardo, porque sí tenía sangre y porque no le habíamos dicho nada hasta entonces.

—¡Oigan! —se escuchó el grito del Nene desde dos calles arriba—, ¡oigan!, ¡no me abre nadie y ya viene bajando la basura!

Ignoré al Nene y me armé de valor para mirar con detenimiento el rostro de mi hermano, para tratar de determinar la gravedad de las heridas: madre mía, parecía Cristo a medio tormento. Empecé a morderme las uñas del miedo.

Mi hermano se tocó la cara y observó después la sangre en sus manos.

–Es nomás un poquito –le dije yo, para que no se asustará más y, sobre todo, para intentar tranquilizarme, convencerme de que las heridas no eran graves.

Luis seguía observando fijamente sus manos manchadas de sangre y lodo. Me pareció que apenas se estaba dando cuenta de lo que había pasado, que apenas empezaba a dolerle.

–Ahorita te limpiamos –le dije–. No te toques que se te va a infectar.

–Sí, sí –me interrumpió mi hermana–, fue el mismo día que Uriel trajo un coyote a la casa y decía que era un perro. Aunque yo estuviera chiquita, ¿tú crees que no me acuerdo?, esa historia me la sé de memoria.

Llevaba un rato distraída, sin poner mucha atención en lo que le había estado contando, más atenta del celular.

–*Escucha* –dijo, en tono grave, el mismo que había usado en la madrugada para decirme que mi mamá se había resbalado–, no sé si sea verdad, acaban de mandar un mensaje a uno de los grupos de WhatsApp que tengo con mis amigas.

Hizo una pausa sin despegar la vista del teléfono, como si quisiera confirmar lo que iba a contarme, o como si estuviera agarrando valor para contármelo y no pudiera hacerlo mirándome a los ojos. Tragué saliva esperando lo peor. Debajo de nosotros, el subsuelo ronroneaba, los cimientos de la casa crujían suavemente, advirtiendo de su cansancio.

–Dicen que Everardo falleció –dijo mi hermana.

—¿De cáncer, tan rápido? —contesté.

—Parece que lo encontraron en su coche.

—¿Se accidentó?

—No, según esto, estaba estacionado en una calle del centro, no saben qué le pasó.

Me extendió su teléfono y leí el intercambio de especulaciones entre sus amigas. Casi al instante, una llamada despertó a mi mamá: era la mamá de Everardo, confirmando lo ocurrido. Aparentemente, Everardo había sufrido un infarto.

El Nene seguía tocando el timbre, pero nadie le abría.

—¡La basura! —gritaba—, ¡la basura!, ¡ya viene el camión!

No despegaba el dedo del interruptor. Luego se puso a aporrear la puerta metálica con una piedra.

—¡La basura!

Cuando ya estaba por treparse a la reja para saltar al patio donde descansaban los botes con los desechos, observó que la cerradura giraba indecisa, para un lado y para otro.

—¡Para afuera! —gritó, con una lógica perfecta, aunque la instrucción fuera inútil: ¿hacia dónde era afuera?

Finalmente, la puerta se abrió, pero el Nene no vio a nadie; su mirada esperaba encontrar un rostro a la altura de mi hermano mayor y quien había abierto era mi hermano pequeño, Uriel.

—¿Dónde está tu hermano? —le preguntó el Nene.

—Está viendo el futbol —contestó Uriel.

—Tengo que llevarme la basura.

Parecía confundido, como si el hecho de que no le abriera Ángel, según le había indicado mi mamá, o la edad de mi hermano, siete años, invalidaran la operación.

—Pues pásale —le respondió Uriel, que no veía problema alguno.

El Nene dudó un segundo, pero entró, su noción del cumplimiento del deber era más fuerte que el respeto al protocolo. Uriel fue atrás de él por el patio y se quedó contemplándolo mientras anudaba las bolsas. Era el más pequeño de mis hermanos, pero usaba unos lentes de botella que le daban aire de anticuario o relojero, de adulto encogido.

—¿Quieres ver mis pollitos? —le preguntó al Nene—. Los compré en el tianguis. Han crecido un montón.

El Nene dudó un segundo, haciendo cálculos del tiempo del que disponía. Iba a tener que correr, pero le contestó que sí, porque ¿quién no quiere ver unos pollitos?

—Pero rápido —le dijo—, si no se me va el camión y luego me regañan.

Caminaron al fondo del patio, donde Uriel tenía unas cajas de madera grandes, de fruta a granel, que usaba como corral de los pollitos. El plumaje amarillo ya se había decolorado al blanco, ya estaban muy cerca de ser pollos.

—Uh —exclamó el Nene—, ten cuidado, dentro de poco ya van a estar buenos para el mole.

Mi hermano lo observó con cara de no entender nada, porque todavía le faltaba crecer para entenderlo.

—Yo por eso ya no tengo —dijo el Nene—, nomás crecían y mi mamá los desplumaba y los metía a la cazuela.

—Los míos cuando crecen se los llevamos a mi abuelo —replicó Uriel.

Era lo que mis papás le decían, una mentira fácil de sostener, porque en el corral de la huerta de mi abuelo había decenas de gallinas y resultaba imposible que Uriel identificara a sus pollos y se diera cuenta cuando desaparecían.

—¿Quieres ver un coyote? —le dijo entonces el Nene.

La pregunta sacó a mi hermano del drama en el que lo había sumido la revelación del destino de sus mascotas. ¡Un coyote! ¡Nunca había visto un coyote! Peló los ojos de la emoción.

—¿Dónde? —preguntó.

—Allá arriba en el cerro —respondió el Nene—, lo tiene un señor allá por donde van a cortar nopales.

—Vamos —dijo Uriel, decidido.

—Espera que saque la basura y regreso. ¿Tienes dinero? Hay que darle dinero al señor para que nos lo enseñe.

El Nene se fue corriendo a cumplir sus gestiones mientras Uriel iba al cuarto de mis papás a revisar los cajones del buró para buscar dinero. Encontró los billetes que mi papá le había dejado a mi mamá para pagar la pipa de agua que vendría a llenar el aljibe y se los escondió en el bolsillo del pantalón. Justo en ese instante, como si fuera un aviso de la conciencia, se oyeron ruidos, unas voces, a lo lejos, mi hermano pequeño se asustó, salió corriendo de la habitación y se escapó de la casa sin avisarle a Ángel. En estricto sentido, tampoco es que se hubiera escapado, porque nosotros solíamos andar solos en la calle y en el cerro desde pequeños. De hecho, yo tenía también siete años cuando me atropellaron en el centro al ir a la tiendita solo.

Unos minutos más tarde, Uriel y el Nene subían la cuesta del cerro. En el camino se detenían de vez en cuando para ver si había teporochos en los charcos. Más adelante, llegaron a una zona entre huizaches que estaba llena de casquillos de metralleta. El Nene se puso a recogerlos.

—¿Ya viste? —le dijo a mi hermano.

—Llévate unos —añadió—, luego los vendes. El hijo de la señora de los nopales me dijo que le dan propina por ellos.

Uriel se negó, porque no tenía sentido de los negocios; a él lo que le gustaba era gastar dinero, no entendía nada todavía sobre cómo ganarlo.

—¿Falta mucho? —le preguntó al Nene.

—No, ya es aquí, tras lomita.

Hicieron el resto del trayecto trotando, aunque el Nene se paraba con frecuencia a recoger los casquillos que se le iban escurriendo de los bolsillos del pantalón.

—Es ahí —dijo por fin el Nene.

Señalaba una construcción abandonada en una calle que ya correspondía a la orilla marginal de la colonia de al lado. Una casa de ladrillo de un piso, aunque las varillas estructurales que sobresalían por arriba, hacia el cielo, evidenciaban el proyecto interrumpido de un segundo nivel.

—¿No se escapa el coyote? —preguntó mi hermano al observar los huecos de puertas y ventanas.

—Lo tiene amarrado —contestó el Nene.

Uriel se encaminó a la puerta de entrada, pero el Nene lo detuvo. Había que entrar por atrás, así que rodearon la casa. Por atrás no había puerta, por lo que el Nene tuvo que ayudar a mi hermano a saltar por la ventana.

—¡¿Quién anda ahí, chingado?! —se escuchó que gritaban en cuanto mi hermano aterrizó adentro.

—¡Venimos a ver al coyote! —dijo bien fuerte el Nene.

–¿Traen dinero? –preguntó la voz.

El Nene miró a mi hermano, que asintió.

–Sí traemos –contestó.

Esperaron a que les dieran la autorización de pasar, y tuvieron que conformarse con interpretar que eso era lo que significaba el silencio. Atravesaron la habitación por donde habían irrumpido, salieron a un pasillo y caminaron hacia lo que se suponía que iba a ser o, más bien, ya nunca iba a ser la cocina.

Ahí estaba el hombre, sentado en el suelo, herido de bala, sangrando, recargado contra la estructura del fregadero. Había un garrafón de agua al lado, medio vacío. Tenía un balazo en el hombro y otro en el muslo, los dos arañazos, las balas no se habían alojado en el cuerpo y la pérdida de sangre no parecía abundante. Aun así, el hombre tiritaba de fiebre, seguramente alguna de las heridas se le habría infectado.

–El dinero –ordenó el hombre.

El coyote estaba ahí, a la vista de Uriel y del Nene, no había puerta de ingreso al espectáculo, ni el hombre estaba en condiciones de impedir que lo vieran, pero su sola presencia, la sangre, el lugar abandonado, invadido en parte por matas y yerbas, daban miedo e imponían obediencia. Había que darle el dinero porque si no algo horrible pasaría.

Uriel sacó los billetes y se aproximó al hombre para entregárselos.

–Uh –exclamó el Nene–, eso es mucho dinero, ¿le vas a comprar el coyote?

–¡Dámelos! –ordenó el hombre con violencia para evitar que mi hermano se arrepintiera.

El instante de duda por la desproporción del pago provocó que el hombre les mostrara lo que estaba oculto debajo de una chamarra extendida sobre sus piernas, y en lo que ni Uriel ni el Nene habían reparado: una metralleta. Mi hermano le entregó el dinero.

Una vez hecha la transacción, se sintió con el derecho a acercarse a donde estaba amarrado el coyote.

–Aguas –le advirtió el Nene–, no te vaya a morder.

Uriel se detuvo a unos pasos del animal y lo contempló, fascinado. Parecía un perro flaco, salvo por el tamaño y la posición de las orejas y el ángulo en el que se prolongaba el hocico.

–¿Me lo vende? –le preguntó al hombre.

–Esto no es suficiente –contestó el tipo, mostrando los billetes.

–Puedo traerle medicina –replicó mi hermano.

Tanta audacia a edad tan temprana merece una aclaración: mi hermano no exageraba al contar esa historia, cuando se trataba de conseguir un animal se volvía no solo intrépido sino también imaginativo.

–Mi papá es doctor –añadió.

–Es verdad –dijo el Nene, y mencionó el apellido de mi papá.

–No le pueden decir a nadie que me vieron –dijo el hombre.

–No le vamos a decir –prometió mi hermano–, en la casa hay medicinas, mi papá ahorita no está, se fue a trabajar y no regresa hasta la hora de la comida. También puedo traer parches y vendas.

Además de que mi papá fuera doctor, teníamos conocimientos de medicina porque nos la pasábamos sufriendo accidentes, éramos expertos en raspones, descalabros, cortes, inflamaciones.

–Traigan algo para el dolor –dijo el hombre, supongo que pensó que no perdía nada por intentarlo–. Mira si tiene antibióticos.

–¿Qué cosa? –preguntó el Nene.

El hombre tronó la lengua de la desesperación.

–Traigan todas las medicinas que encuentren –dijo.

–Son muchas –replicó mi hermano.

–¿Quieres o no quieres el coyote? ¡Apúrense, chingada!

El Nene y Uriel salieron corriendo el cerro de bajada.

Berta había sido mi primera novia, la primera que contaba, la primera que me había importado realmente, hacía mil años, cuando yo tenía quince y ella catorce. Entre su mamá y la mía había un vínculo: justamente la mamá de Everardo, que era prima de la mamá de Berta. Everardo y ella pertenecían a ese grupo de familias de Lagos en las que todos, sea de cerca o de lejos, estaban emparentados. Así era como a mí me habían ido llegando noticias de ella a lo largo del tiempo: había estudiado contabilidad, tenía su propio despacho de auditoría, se había casado con un tipo de Aguascalientes, había tenido una niña, se había separado y desde hacía bastante tiempo tenía una relación a distancia con un abogado de la ciudad de México con el que se iba de vacaciones de vez en cuando.

Le sonreí, aunque no descarto que me saliera una mueca grotesca.

–Siéntense –les ordenó Everardo, limpiándose las lágrimas de la risa–, ¿qué quieren tomar?, nosotros las invitamos.

–Aquí no –dijo Leticia.

Miró con desprecio la mesa que estábamos ocupando; no le gustaba que desde ahí no pudiera ser vista por toda la concurrencia y eligió otra más cerca de la barra. Al menos sobre la mesa descansaba, rebosante, un nuevo cuenco de cacahuates.

Trasladamos nuestras cervezas y unas alitas de pollo que todavía no nos habíamos acabado; al ir despejando la mesa, reapareció la pastilla que Everardo me había dado, la supuesta melatonina. Volví a pensar en qué sería, ¿MDMA?

–Tráete eso, pendejo –me dijo Everardo–, no la dejes ahí. ¿Qué crees, que las regalan?

No, no se las regalaban, pero por lo que había pasado en el baño tampoco parecía que Everardo las pagara. Agarré la pastilla y ahora sí me la refundí en el bolsillo del pantalón; total, si luego me daba por ir al baño, bastaría con deshacerme de ella en el camino.

En cuanto estuvimos acomodados y les sirvieron a ellas sus bebidas, tuve que justificar mi presencia en Lagos.

¡Hacía tanto que no venía!

No era verdad, porque sí venía, solía venir con cierta regularidad, pero no salía mucho, me la pasaba encerrado en casa de mis papás porque a eso venía, a verlos, a estar con ellos, a cuidarlos, a resolver asuntos domésticos. Les conté lo de los exámenes médicos que le habían hecho a mi mamá –ya lo sabían, mi hermana se lo había contado a una amiga de ellas que le había comprado unos tapices de macramé–, les expliqué que iba a llevarla a Guadalajara para que le hicieran otros estudios, que de los resultados dependía el tratamiento que tendrían que hacerle y, en consecuencia, cuánto tiempo iba a quedarme esta vez en México. Por supuesto, no les conté que si íbamos a repetirle los exámenes médicos a mi mamá era por dinero. Los problemas económicos de mi familia no eran tema para ir contando por ahí a cualquiera, y menos a tres personas con las que no había convivido en treinta años, y menos aún en Lagos.

La salud de nuestros papás resultó ser un tema del que podíamos hablar con naturalidad, atenuando la incomodidad del reencuentro –y evitando ponernos al día sobre parejas e hijos–; era un asunto al que los cuatro estábamos acostumbrados, era ley de vida, por nuestra edad, era lo que nos tocaba enfrentar ahora.

Berta solo conservaba al papá, su mamá había fallecido de cáncer. El papá tenía gota, ácido úrico, un alcoholismo funcional, aunque el hígado ya le andaba fallando –lo del alcoholismo no me lo contó ella, claro que no, yo lo sabía por mi mamá–. En cuanto a Leticia, sus dos papás estaban vivos, medio achacosos, pero saludables. No eran muy ancianos, se habían casado jovencitos, en la adolescencia, porque se habían comido la torta antes del recreo, como tantísima gente de Lagos, que había sido poblado, desde la Colonia, a través del método del embarazo no deseado. Berta tenía un hermano y Leticia dos, quienes vivían también en Lagos, o al menos en la zona –León, Aguascalientes–, y con quienes compartían el cuidado de sus papás. Everardo era hijo único, y aunque él no nos contó nada, yo sabía que su mamá llevaba una vida muy restrictiva por culpa de una diabetes muy severa, o que ella asumía con exagerado dramatismo; su papá había fallecido hacía bastante en un accidente de coche en la carretera a León, en la famosa *curva del pato*, donde tanta gente de Lagos se había matado.

–Les voy a enseñar una cosa chistosísima –nos interrumpió Everardo, aburrido de nuestra charla de prontuario médico, pero no se dirigía a mí, sino a ellas.

Temí lo peor, viendo que Everardo buscaba algo en su teléfono.

–¿Te acuerdas cuando lo cortaste? –le preguntó a Berta, señalándome con las cejas–, ¿cuándo fue?, ¿en el 89?, ¿90?

Había sido en el 88, en junio de 1988, dos meses antes de que me fuera a Guadalajara a estudiar la preparatoria. Obviamente, no dije nada. Ella también prefirió quedarse callada.

Atraje el cuenco de cacahuates hacia mí y aceleré el proceso de descascaramiento.

Por si fuera poco, justo en ese momento pusieron una canción que estaba de moda por aquel entonces, una canción que yo había grabado en un casete que le había regalado a ella en nuestro aniversario, justo antes de que me cortara con dos frases simples e irrefutables, dichas, para mayor agravio, a través de la reja de su casa. La canción no era una casualidad, era lo opuesto a una casualidad. Por eso había elegido ese lugar Everardo y también por eso ellas habían ido ahí, porque era un viaje al pasado, vivían instalados en la nostalgia de aquella época, querían seguir sintiéndose jóvenes, emborracharse como adolescentes, deseaban no haberse visto obligados a crecer, y en realidad no habían madurado, de lo contrario no estaríamos ahí esa noche.

Mientras continuaba manipulando su celular, Everardo se había puesto a contarles que una tarde, en los días posteriores a que ella me cortara, había ido a mi casa y me había hallado dormido; por lo visto, yo había estado pasando mal las noches, de puro sufrimiento, y luego en el día andaba todo soñoliento. La cuestión era que en la cama se había encontrado un cuaderno en el que yo estaba escribiendo una carta.

El recuerdo volvió con furia.

—Oye —le dije, dándole un golpe fuerte en el hombro con el dorso de la mano abierta, un manotazo que presagiaba, aunque este era un buen presagio, el chingadazo que iba a darle más tarde—, eso pasó hace mucho tiempo, olvídalo.

—Por eso es chistoso —replicó—, porque pasó hace mucho tiempo.

Era mentira, para ellos no había pasado el tiempo; tanto Everardo como ellas vivían anclados en aquella época y pretendían arrastrarme de vuelta.

—Aquí está —dijo entonces Everardo—, dejen se las paso.

Aquella tarde, Everardo me había robado el cuaderno y luego se había pasado las siguientes semanas chantajeándome con mostrárselo a la gente.

—El otro día tuve que ir a casa de mi mamá a tirar unas cosas viejas y me encontré el cuaderno.

Recibí un mensaje de WhatsApp de Everardo. Un link.

—¿Qué es esto? —le pregunté.

—Le hice fotos —contestó.

Sentí que la rabia me desbordaba. Me lancé a la boca un puñado de cacahuates que había estado pelando. Pesqué la pastilla del bolsillo del pantalón y aproveché que los tres estaban distraídos mirando la pantalla de sus teléfonos para dejarla caer en el vaso de cerveza de Everardo sin que se dieran cuenta.

No pude abrir las fotos. Pulsé el link varias veces, pero la página que abría estaba en blanco, el wifi del bar llevaba toda la noche funcionando intermitente-mente.

–Toma –me dijo Leticia, al darse cuenta de mis dificultades, con un gesto de sorna, seguramente no por mi torpeza tecnológica, sino por el contenido bochornoso de la carta.

Revisé las imágenes, dos fotos, la del anverso y la del reverso de la carta. No necesitaba leerla, recordaba perfectamente lo que decía.

Everardo ya se estaba riendo a carcajadas.

Ja ja ja ja.

Ja ja ja ja.

Ja ja ja ja.

Me levanté furioso sin siquiera voltear a ver el rostro de Berta, volcando de espaldas la silla en la que había estado sentado, e intenté largarme de una vez por todas a casa de mis papás.

No pude porque Berta me alcanzó de inmediato.

–No te vayas –me dijo, como en las telenovelas.

Por fin me atreví a mirarla con atención, y ya que iba a hacerlo, lo hice como solía mirarla antes. No pude evitar sentir que me gustaba, pero no ahora, me gustaba entonces, en el pasado, aunque algo permanecía, emitiendo ondas, como un eco, una señal remota que provenía de nuestra adolescencia, quizá era el abultamiento de sus pómulos, que le daba a su rostro un aire infantil; aún era capaz de reconocer su manera tímida de sonreír, apenas con las comisuras de los labios, y la forma en que me miraba, que traslucía cierta añoranza, una tristeza indeterminada, era difícil explicarlo.

86

—No le hagas caso —me dijo.

Asentí, porque estaba dispuesto a aceptar cualquier cosa que me restituyera un mínimo de dignidad.

—¿Sabías que Everardo y Leticia tuvieron una historia? —me preguntó.

¿Cómo iba a saberlo? Era lo que pasaba con la gente que nunca se había ido de Lagos: lo sabían todo de todo el mundo y no concebían que los demás no lo supieran.

—Y fue antes de que Everardo se separara —me dijo.

O sea que sí, que Everardo ya se había separado de nuevo, por tercera o cuarta vez, o las que fueran. Lo que sí sabía era que Leticia estaba casada y tenía varios hijos, tres, cuatro, cinco. Eso de llevar las cuentas con precisión, a la distancia, resultaba imposible. Tampoco quiero sonar puritano, escandalizado, solo pretendía entender correctamente las circunstancias, los de nuestra generación nos habíamos casado jóvenes, como se hacía antes, a los veintipocos, pero lo que no habíamos hecho como los de antes era aguantar hasta que la muerte nos separara.

—¿Ella también se separó? —le pregunté—. No sabía.

Berta sonrió de manera sarcástica.

—Si te vas se nos va a pegar y ya sé lo que va a pasar —me dijo—. Se van a acabar yendo juntos. No sabes lo que le costó a Leticia desengancharse de Everardo. No te vayas, por favor.

Así que no me fui, pensé que al menos iba a frustrarle los planes a Everardo. Volví a la mesa a presenciar cómo Berta, que se había negado a sentarse, intentaba convencer a Leticia de irse a seguir la fiesta a otro lado. Everardo contraargumentaba, pidió una ronda de tequilas, prometió comportarse decentemente, al fin y al cabo, aseguró, estábamos entre viejos amigos. Todo esto mientras yo pelaba y comía cacahuates.

—Yo me voy —dijo Berta de manera terminante cuando se hartó.

No le dio otra opción a su amiga: no podía quedarse ahí, sola, con dos hombres, uno casado y el otro recién separado, qué iba a decir la gente. Leticia se empinó el tequila, la sangrita, chupó el limón. Recogió su bolso del respaldo de la silla y le dijo a Everardo, no sin cierta coquetería:

—Ustedes pagan.

La mesa en la que nos quedamos, la que había elegido Leticia, estaba más cerca de la barra y del trajín de la gente, y aunque en ese momento lamenté nuestra nueva posición, que nos exponía a miradas y cuchicheos, más tarde ese cambio facilitaría la intervención del mesero para evitar que Everardo me devolviera el trancazo. Al final iba a resultar que mi mamá tenía razón cuando nos decía que por algo pasaban las cosas.

—No la hubieras dejado ir, pendejo —me dijo Everardo mientras miraba alejarse los traseros de las dos amigas—. Ya las teníamos, pero la cagaste. ¿Por qué te quedaste callado? Se asustaron, parecías psicópata, tragando cacahuates como un idiota.

En eso, un chavito, que claramente era menor de edad y al que ya se le habían pasado las cervezas o lo que se hubiera metido, trastabilló y se desplomó frente a nuestra mesa.

Ja ja ja ja.

Ja ja ja ja.

Ja ja ja ja.

Everardo se sacudía de las carcajadas.

Cuando se calmó, luego de sugerirles paternalmente a los amigos del chavito que le dieran un café y se lo llevaran a su casa, me preguntó:

–¿Te acuerdas cuando tu hermano se cayó a la zanja? –Y empezó a reírse de nuevo a carcajadas.

Mi papá, mi mamá y mi hermana se metieron a la cocina a tomar café y a comentar el suceso. La muerte de Everardo los había sobrecogido profundamente por muchas razones: porque era el hijo único de la mejor amiga de mi mamá, porque había sido una presencia constante durante años en nuestra casa, porque se suponía que, a pesar de todo –cosas de niños–, él y yo habíamos sido amigos íntimos, porque su mamá le sobreviviría, porque dejaba una sarta de exesposas e hijos desamparados.

Yo aproveché la conmoción que me había provocado la noticia para excusarme y subir a la habitación, encerrarme, tirarme en la cama y tratar de reponerme

de todo, del dolor de cabeza, de la cruda, de un senti-
miento de culpa injusto e inexplicable, pero muy fuerte, del estupor, de los recuerdos de la infancia.

Necesitaba desahogarme y llamé a Rolando. Por
supuesto, ya se había enterado, también a través de un
grupo de WhatsApp, el de los amigos de la primaria,
en el que él me había incluido cuando lo formaron y
que yo había abandonado porque mandaban muchí-
simos mensajes. La llamada, nostálgica y triste –Everardo era el primero de nosotros en morirse–, me dejó
en peor estado de ánimo. Busqué refugio en mi vida
real, la vida que había dejado pausada en el extranjero, y ahí encontré el consuelo que necesitaba: no había sucedido nada en mi ausencia, mi esposa y mis
dos hijos estaban bien, estaba todo bajo control.

Tardé en calmarme, pero luego me quedé dormido. La siesta me hizo mucho bien. Al despertar, ya no
me sentía tan crudo y fui capaz de tomar una determinación: iba a concentrarme exclusivamente en lo
importante, en lo que había venido a hacer a México,
cuidar a mis papás; al día siguiente tenía que llevar a
mi mamá a Guadalajara a que le repitieran los exámenes médicos y eso era lo único que importaba. De
nada servía escarbar en el pasado, esa ya no era mi
vida, todo eso ya no tenía nada que ver conmigo. Debía apresurarme, agilizar el proceso, volver cuanto antes al presente.

Pensé en aprovechar que había agua para bañar-
me, eso también ayudaría a que me sintiera mejor.
Sin embargo, se me olvidó avisarle a mi mamá y ella

encendió la lavadora, por lo que terminé de desenjabonarme con un chorrito de agua, tiritando de frío y gritando histérico:

—¡No agarren agua!

Me estaba acabando de vestir cuando apareció Uriel. Tocó suavemente la puerta para pedir permiso; supondría que yo estaría muy afectado y no quería irrumpir y encontrarme prostrado, llorando, era mi hermano pequeño y reconocía el derecho de los hermanos mayores a ocultar su vulnerabilidad.

—¿Cómo estás? —me preguntó al verme frente al espejo, peinándome.

—Bueno —dije—, cómo voy a estar.

—Lo siento.

Se aproximó y me dio un abrazo.

—Oye —dijo.

Por el tono, me di cuenta de que quería decir *escucha*. Se sentó en el borde de la cama, acongojado, buscando las palabras para lo que me quería decir.

—¿Qué pasó?

—Andan diciendo que te peleaste con Everardo, que se agarraron a chingadazos.

Seguramente, mi hermana ya le habría contado que yo había vuelto en la madrugada borrachísimo y le había dicho entre carcajadas que le había pegado a Everardo.

—¿Quién dice?

—La gente.

O sea que lo sucedido en la madrugada ya se había convertido en un chisme. Normal: el bar estaba lleno, sobraban testigos para difundir cómo me habían visto pegarle a Everardo y, sobre todo, sobraban metiches para expandir la historia. Pensé de inmediato en mis papás, en mi mamá especialmente, se suponía que yo había venido para cuidarla y al final iba a resultar que sería el culpable de provocarle una crisis nerviosa.

–¿Checaste lo que te mandé por WhatsApp? –me preguntó Uriel.

Fui a rescatar el teléfono, que había dejado en el baño. Revisé mis mensajes: la publicación de Facebook de Everardo con mi foto tenía más de tres mil *me gusta* y había sido compartida cuatrocientas veintisiete veces. Leí en diagonal los primeros comentarios, en los que se decía que todo estaba muy raro, se ponía en duda que Everardo hubiera fallecido de un ataque al corazón y se pedía insistentemente que le practicaran la autopsia. Alguien decía que había drogas o venenos capaces de provocar un infarto fulminante. Se me abrió de golpe un agujero en la barriga.

¿Y si la pastilla era la que lo había matado?

—Fuimos a tomar unas cervezas —le dije a mi hermano, sin levantar la vista de la pantalla del celular, tratando de aparentar serenidad—, nos pusimos pedos, discutimos, ya ves cómo era Everardo.

Bloqueé el teléfono y lo deposité en la mesita de noche. No voy a ocultar que referirme a Everardo por primera vez en pasado me produjo alivio.

—Fue pura pinche coincidencia —añadí.

La verdad, había que reconocer que me había convertido en el sospechoso perfecto, tan perfecto que quizá era culpable; más perfecto imposible.

—¿Ya se enteraron mis papás de los chismes? —le pregunté a mi hermano.

—No, mi mamá se sintió mal y Elena aprovechó para quitarle el celular.

—¿Qué tiene mi mamá?

—Le pegó muy fuerte el vértigo, se tuvo que acostar, seguro es emocional.

En eso, apareció mi hermana.

—Ah, qué bueno que ya te arreglaste —dijo al verme bañado y cambiado—, yo me quedo a cuidar a mis papás.

Analizó mi indumentaria de pies a cabeza.

—¿Tienes un suéter negro? Si no, mi papá tiene uno que puede quedarte.

El agujero en la barriga continuaba creciendo y, en ese momento, cuando entendí que tendría que ir al velorio, sentí como si explotara, dejando un vacío frío y oscuro en el centro de mi cuerpo. Debo de haber puesto una cara de pánico, porque mi hermana se dio cuenta de que había malinterpretado la escena y yo no me había arreglado para el velorio.

–Tienes que ir –me dijo–. Si no vas, va a ser mucho peor, tienes que ir a huevo.

–Sí, carnal –insistió Uriel–, no puedes no ir.

Había que guardar las apariencias, no empeorar las cosas, no darle otro argumento a la gente para que continuara con sus habladurías.

–A ver –dijo Elena–, estoy segura de que nadie cree de verdad que tú le hiciste algo. Everardo era un atascado, todo Lagos lo sabe, pero bueno, ya sabes cómo es la gente.

–Son puras mentiras –añadió mi hermano.

Pude percibir que en los ojos de ambos había inquietud, hablaban de dientes para afuera; yo llevaba tantos años viviendo en el extranjero, lejos de ellos, que quizá se estuvieran preguntando si todavía me conocían, si podían confiar en mí, si yo sería capaz de hacer algo así. Ese era justo el momento en el que debería asegurarles que yo no había tenido nada que ver, tranquilizarlos, exhibir una prueba que demostrara mi inocencia, una coartada irrefutable, pero seguía en estado de shock y permanecí callado.

–Tienes que ir –insistió Elena–, mi mamá no va a entender que no vayas, tienes que representarla, era el hijo de su mejor amiga. Vas, le das el pésame a Irene, te sientas un ratito en un rincón y te regresas.

–¿No viene Rolando? –me preguntó Uriel–, tendría que venir, ¿no? Ve con él. Yo te acompañaría,

94

pero tengo que ver al arquitecto —se refería al del estudio de grabación que estaba construyendo.

Uriel tenía razón. Le mandé un mensaje a Rolando con la esperanza de que hubiera decidido venir y pudiéramos ir juntos; me contestó que sí lo había pensado, pero que se le había complicado el día, que mejor nos viéramos al día siguiente en Guadalajara. «Además, hace siglos que no lo veía», me escribió, «desde que nos peleamos.»

Elena se fue a buscar el suéter y Uriel se despidió. Me encerré en el baño para que nadie me molestara, me dio terror que apareciera mi mamá o mi papá para pedirme explicaciones. Abrí la llave para mojarme la cara, pero la lavadora seguía robándose el flujo, apenas caía un chorrito.

Era posible que la pastilla le hubiera provocado el infarto a Everardo, sí, pero la culpa no era mía, no, sino de su estado de salud. Además, la pastilla era suya, era él quien me la había dado, a saber cuántas se había metido antes y después, lo más probable era que se tratara de una sobredosis a la que yo, si acaso, habría contribuido mínimamente. Todo eso era verdad y, en mayor o menor grado, me absolvía; sin embargo, no me hacía sentir menos culpable, porque yo no podía negar lo que había deseado cuando tiré la pastilla en su bebida, primero, y cuando le pegué el puñetazo, después. Había deseado con todas mis fuerzas que se muriera.

Si Berta no me hubiera pedido que no me fuera, y si Everardo no hubiera sacado a colación el recuerdo del día en que mi hermano se cayó a la zanja, yo no le habría pegado el puñetazo, habría vuelto a casa de mis papás a cumplir con lo que había venido a hacer a Lagos, cuidarlos, y habría podido ayudar a mi mamá a levantarse del suelo luego de que se resbalara. Pero el problema fue que Everardo se puso a contarme su versión de lo que había pasado aquel día y su recuerdo era completamente distinto, mentía con descaro, como si yo no hubiera estado ahí, así que me quedé para confrontarlo, para corregirlo, quizá el verdadero problema fueron las cervezas artesanales, que emborrachan más rápido y nublan el entendimiento.

Según él, la zanja estaba en la esquina de su casa, abajo de la carretera y no arriba, y la habían cavado por las obras de drenaje de su colonia y no por las del depósito de agua de la mía. Por si fuera poco, afirmaba que no nos habían enviado a hacer un mandado, por los nopales, sino que íbamos a la tiendita a comprar golosinas para nosotros. Por eso, según él, habíamos vuelto de inmediato a su casa y nuestras mamás le habían lavado las heridas a mi hermano, y luego mi mamá se lo había llevado al consultorio de mi papá para que lo curara y le hiciera una radiografía.

Por supuesto, las cosas no habían sucedido así, esa anécdota mis papás, mis hermanos y yo la habíamos contado miles de veces con lujo de detalles, era uno de los relatos favoritos de la familia. Sin embargo, Everardo lucía tan convencido que tendría que haber una razón para que el recuerdo se hubiera distorsionado en su memoria.

Intenté demostrarle que estaba equivocado, pero él se mantenía, neciamente, en su versión de los hechos; esa era una de sus especialidades, imponer su verdad, aunque fuera mentira, ese era Everardo en todo su esplendor.

–Íbamos bajando –yo insistía–, nos mandaron por los nopales porque mi mamá y la tuya se habían quedado hablando con los vecinos en la calle de arriba, donde había habido una balacera.

–¡¿Qué balacera?! –replicó, indignado–, ¡estás loco!, ¡en aquel entonces no había narcos!

–No eran narcos –le contesté–, fueron los de las pipas, ¿no te acuerdas? Fue una amenaza por la construcción del depósito de agua.

Había sido la mafia de las pipas de agua, como les decía mi papá, los dueños de la flota de camiones cisterna que nos vendían el agua que se robaban de la presa de la Sauceda. Era, y seguía siendo, más ahora que hay menos agua, uno de los negocios más rentables de Lagos.

–¿De qué estás hablando? –me dijo, despectivamente, como si fuera yo el que estuviera tergiversando el pasado–, no tienes ni la más mínima idea, ¿cómo te vas a acordar si te largaste hace tanto tiempo? Yo paso por ahí, por el mismo pinche lugar donde se cayó tu hermano, todos los días, está en la esquina de la casa de mi mamá. Y todavía hay días que me acuerdo y me da risa, porque la verdad sí estuvo muy cagado cuando desapareció como si se lo hubiera tragado la tierra.

Empezó a reírse de nuevo.

Ja ja ja ja.

Ja ja ja ja.

Ja ja ja ja.

Justo en ese instante, como si las carcajadas, en lugar de contagiarme la risa, abrieran un telón de mi memoria, destaparan un frasco que había estado sellado mucho tiempo, recordé lo que había pasado cuando cruzamos la carretera.

Nos enfilábamos ya a la casa de Everardo cuando vimos la camioneta de su papá en la esquina, detenida. No estaba estacionada, estaba a media calle, encendida, y el papá de Everardo hablaba a través de la ventanilla con dos hombres que se habían bajado de otra camioneta que estaba detrás, también encendida, con las puertas de piloto y copiloto abiertas. La calle estaba desierta porque la gente había subido a armar mitote a la zona de la balacera.

–Espérense –nos dijo Everardo–, si nos ve mi papá nos castiga y sus castigos son un millón de veces peores que los de mi mamá.

Se agachó, se puso en cuclillas y se pegó a los coches estacionados, como si con eso desapareciera, aunque en verdad era posible que, por el ángulo en que se encontraban su papá y los hombres con los que estaba hablando, no alcanzaran a verlo. Mi hermano y yo lo imitamos. Desde nuestra posición, veíamos perfectamente lo que pasaba, y si lo veía yo, también lo veía Everardo.

La plática, en la que uno de los hombres era el que más hablaba, mientras el papá de Everardo asentía, terminó, y los hombres volvieron a su camioneta. El papá de Everardo esperó, vigilando que no apareciera nadie por la calle. Hizo una señal con las luces intermitentes de la camioneta. Los hombres trasladaron dos metralletas a la camioneta del papá de Everardo. Luego arrancaron con dirección al centro.

—Otra cosa es que no quieras acordarte —solté, sin poder contenerme–, que te acuerdes mal por conveniencia.

—¿De qué chingados estás hablando? —me respondió.

—Eres un pinche mentiroso. ¿Quieres que te cuente la verdad?

Ya estaba listo para pegarle, faltaba muy poco.

—¿Sabes cuál es tu problema, pendejo? —me contestó, desafiante.

Pelé un millón de cacahuates durante la pausa que hizo para darle un largo trago a su cerveza.

—Que te crees la gran caca por haberte ido de Lagos —me dijo–, hasta hablas todo mamón para distinguirte de nosotros, me desprecias y nos desprecias a todos los que nos quedamos.

Apreté el puño de la rabia.

—Vienes y nunca me buscas —continuó–, ¿tú crees que no me entero de que vienes? Y cada vez pienso: «A ver si me llama». Pero nunca lo haces. ¿Quién fue el que llamó esta vez, a ver? Si no te hubiera buscado yo, no estaríamos aquí. Eres un pinche ojete.

Me levanté de golpe, volcando de espaldas la silla en la que había estado sentado.

–Escucha –dijo, fingiendo que no se había dado cuenta de que estaba a punto de sorrajarle un chingadazo–, tengo algo que contarte, por eso te llamé, no creas que tenía muchas ganas de verte, imbécil.

Levanté el brazo y lo posicioné en un ángulo que le imprimiría mayor fuerza al golpe, siempre según mis teorías, basadas en ninguna experiencia real, cuando mucho en las películas y en la televisión.

–Tengo cáncer –dijo entonces Everardo.

El velorio fue en una funeraria del centro, una casa colonial cuyo patio había sido techado y acondicionado para recibir a los deudos. Me ubiqué en un rinconcito, sin darle todavía el pésame a la mamá de Everardo, la fila era larguísima. Formarme en la hilera me hubiera expuesto demasiado, así que decidí esperar.

Los primeros minutos los dediqué a observar la escena con atención, era importante identificar posibles amenazas, proyectar planes de escapada, en caso de que las cosas se pusieran feas. Al fondo del patio estaba el féretro, abierto. Ahí desembocaba la fila del pésame, luego de cumplir el trámite de las condolencias. Algunas personas no se acercaban al ataúd, por recelo, como si la muerte se contagiara o fuera de mala suerte contemplar al finado. Otros no solo se instalaban al lado de la caja un rato, sino que hasta hacían fotos con sus teléfonos.

Fue imaginarme el rostro exánime de Everardo y de inmediato el dolor comenzó a pulsar en los nudillos de mi mano derecha. ¿Acaso se notaría una herida, moretón, hinchazón, cualquier huella de mi puñetazo?

A pesar de la imprudencia, me fui aproximando sigilosamente al féretro para comprobarlo; sabía que eso atraería las miradas sobre mí, pero no podía evitarlo, era como si un filamento de energía conectara mi puño con el rostro de Everardo. Di la vuelta por detrás de la fila y me asomé hacia al ataúd entre un grupo de beatas que rezaba en murmullos.

Nada. No se percibía nada. ¡Vaya mierda de puñetazo le había dado! Preferí pensar que las maquilladoras habían hecho muy bien su trabajo.

De pronto, las miradas y los cuchicheos me rodearon, por lo que traté de hacerme invisible o, al menos, de disminuir al mínimo los efectos materiales de mi presencia; volví al rincón casi corriendo y me senté cabizbajo para no cruzar la mirada con nadie. En esas andaba, mirándome fijamente los zapatos, cuando escuché que alguien me hablaba.

–¿De dónde lo conocías?

Levanté la vista, resignado, para toparme con un tipo calvo, barrigón, rostro colorado, abotargado, el semblante típico de quien bebe con asiduidad. Aunque de semejante descripción podría deducirse que era mayor que yo, algo en su actitud, en su manera de estar de pie, en su vestimenta y en el tono de su voz, me sugería que tendríamos más o menos la misma edad. Y eso significaría, si era de aquí, que nos habríamos conocido.

–De la escuela, de la primaria –respondí, utilizando la referencia más lejana, no para enfatizar la antigüedad de mi amistad con Everardo, sino para difuminar su vigencia.

Entonces el tipo gritó mi nombre, me palmeó el hombro, y tuve que levantarme para saludarlo. Mientras nos abrazábamos, me repitió varias veces que era Sebastián, como si confiara en que la memoria despertara por insistencia, y al final, desconfiado, añadió, para asegurarse de que lo recordara, que era el hermano de Berta, mi exnovia de la adolescencia. Me pareció imposible que aquel niño travieso, al que sus papás mandaban sentarse en el sofá cuando yo visitaba a Berta para que nos estorbara, se hubiera acabado convirtiendo en ese tipo mustio.

–Vives en el extranjero, ¿no? –me preguntó en cuanto logré escabullirme de sus brazos.

Aplasté el trasero de vuelta en la silla. El saludo había llamado la atención de la gente.

–Me dijeron que te va muy bien –dijo.

Comencé a sentir que todas las miradas se concentraban en nosotros.

–Me contó mi hermana –especificó.

En otras circunstancias, si no me estuviera convirtiendo en sospechoso del asesinato del protagonista del velorio, quizá me hubiera alegrado de que mi exnovia se mantuviera al tanto de mi vida y la comentara con su familia. No es que todavía me gustara, no, pero me seguía gustando entonces, en el recuerdo, no es fácil explicarlo.

–Qué bueno que viniste –dijo, forzado por mi pasividad, por mi estrategia de mantener la boca cerrada, en boca cerrada no entran moscas–, la gente andaba diciendo que no te ibas a atrever a venir, ya sabes cómo es la gente de Lagos.

Se me quedó viendo, expectante. No alcancé a determinar si quería decirme algo o si creía merecerse que yo le correspondiera, que le hiciera plática; él me había abrazado a pesar de ser el apestado, se había alegrado de verme.

–¿Ustedes eran muy cercanos? –le pregunté.

Era una duda genuina, porque él era tres o cuatro años menor que nosotros, y esas diferencias eran insalvables en la infancia y la adolescencia, cuando se forjaban las amistades, si bien es verdad que luego se iban esfumando con el paso del tiempo y hacían posible amistades adultas.

–No mucho –contestó–, hacíamos rapel juntos.

Se puso a explicarme que Everardo organizaba escaladas en la sierra de Comanja, rapel, parapente, bicicleta de montaña, que a eso se había dedicado principalmente en los últimos tiempos, desde que le empezó a ir mal con el negocio tradicional de la agencia de viajes.

–Supiste que tuvo un accidente el año pasado, ¿no? –me preguntó.

Asentí, en silencio.

—Yo estaba ahí —continuó—, yo fui uno de los que lo encontramos y lo llevamos al hospital. Casi no la cuenta.

Hizo una pausa para mirar en derredor, porque ya era más que evidente que la gente nos observaba y cuchicheaba.

—Quién lo iba a decir —añadió.

Tronó la boca, como manifestando decepción, fatalismo, supongo que para subrayar que cuando te toca te toca, incluso si en un primer momento te salvaste —y Everardo encima tenía el cáncer en la lista de espera.

—*Escucha* —dijo, y yo me preparé para lo peor, porque así venía sucediendo en los últimos días, cada vez que alguien empezaba una frase de esa manera acababa con malas noticias.

—¿Qué pasó? —contesté para acelerar el proceso.

—Se fueron sin pagar el otro día.

—¿Cómo?

—Del bar —aclaró cuando interpretó mi cara de incomprensión—, ¿no sabías que es mío?

Por supuesto, no sabía, ¿cómo iba a saberlo? Aunque ahora cobraba lógica que Everardo hubiera querido ir ahí, que nos hubiéramos encontrado a Berta y a Leticia. Sobrevino entonces una explicación de los negocios de mi excuñado, que incluían un depósito de cerveza en el malecón, un restaurante de mariscos, una pizzería y el mentado bar de cervezas artesanales y alitas de pollo.

—Pagó Everardo —lo interrumpí.

Sonó fatal, la verdad, sonó a que pretendía evadir mi responsabilidad aprovechándome del muerto, porque evidentemente no habría manera de ir a preguntarle si había pagado, pero mi falta de tacto fue sobrepasada con creces por Sebastián.

—Everardo no tenía ni en qué caerse muerto —dijo.

Pelé los ojos. Si no me estuviera convirtiendo en sospechoso del asesinato del muerto, me habría reído.

—Me da pena —siguió Sebastián—, y más en estas circunstancias, pero es bastante lana.

—¿Cuánto es? —le pregunté.

—Mil setecientos ochenta pesos.

Me pareció una cantidad altísima, incluso considerando lo mucho que habíamos consumido, más lo que habían tomado Berta y Leticia, más los tequilas que Everardo había invitado a sus clientes coreanos; pero hasta trasladada a la moneda del país extranjero en el que yo vivía, comparada con lo que solía costarme salir de fiesta allá, seguía siendo una cantidad exagerada.

—No te preocupes —repliqué—, yo pago, solo que no traigo dinero ahorita.

Se quedó pensando un momento, al menos parecía consciente de lo poco elegante que resultaba andar cobrando en un velorio.

—Paso a la casa de tus papás mañana —me dijo.

—Mañana no, voy a llevar a mi mamá a Guadalajara a que le hagan unos exámenes médicos. Pasado mañana.

Analizó mi rostro para dictaminar si podía confiar en mí. Afortunadamente, algo quedaba aún del Lagos pueblerino, un comedimiento, una brizna de cortesía, un respeto nostálgico a la infancia compartida, de lo contrario mi excuñado me habría obligado a ir en ese mismo instante al cajero automático. En contrapartida, por los mismos motivos había sido necesaria toda esa pantomima –fingir que no me reconocía, fingir que se alegraba de verme, fingir que me hacía plática–, todo para poder cobrarme.

–El domingo –confirmó.

Hizo una pausa para cambiar de tema.

–Oye –dijo–, ¿por qué te peleaste con Everardo? Uno de los meseros me contó que le metiste un chingadazo.

–Ya estábamos muy pedos, esas pinches cervezas artesanales son muy traicioneras.

Asintió y se puso a otear el panorama, captando las miradas que me juzgaban, calculando su próximo movimiento, a quién podía ir a saludar; la situación se había puesto muy incómoda.

Lo salvaron los amigos del rapel, que entraron juntos a la funeraria y caminaron directo hacia nosotros, o más bien hacia él, porque a mí no alcanzarían a verme, sentado y encogido, intentando desaparecer. Venían de los tacos de la esquina, oliendo a cebolla y cilantro, disimulando los eructos de cerveza con muchísimas dificultades. Ninguno de ellos iba de luto –tampoco Sebastián, reparé en eso apenas entonces–. Iban, eso sí, uniformados: camisa de vestir a cuadros, pantalón de mezclilla, cinturón piteado, botines; todo de marca para demostrar que el vaquero había evolucionado a profesionista.

Cuando me descubrieron, uno de ellos tuvo el impulso de saludarme, pero otro se lo impidió, cruzándose en su camino. Creí identificar a algunos de ellos, aunque tampoco estuve seguro del todo. Me dieron la espalda. Se trasladaron a la otra punta del patio. Sebastián, avergonzado, mintió como pudo al despedirse.

–Te veo al rato –dijo.

Lo más sensato iba a ser acelerar el trámite. Me formé en la fila del pésame y mantuve la vista rigurosamente en el suelo durante los diez o quince minutos que demoré en llegar hasta la mamá de Everardo. Al menos, disociar las miradas de los cuchicheos dejaba en el aire la duda de si hablaban de mí o de otra cosa.

La mamá de Everardo estaba hinchada: de llorar, de los efectos secundarios de los medicamentos contra la diabetes, de infelicidad, de desconfianza. La abracé de lejos, apenas rozándola. No le dije nada. Ella tampoco; no iba a echar a perder la solemnidad de su luto con un escándalo.

Atravesé el patio rumbo a la salida bajo el fuego cruzado de miradas y murmullos, sobre el suelo iban quedando esparcidos los casquillos de bala.

Solté el aire al irrumpir en la calle, como si acabara de emerger del agua, al borde del ahogamiento. Me detuve un instante para acabar de recuperarme.

—Era un hijo de la chingada —dijo una voz a mi lado. Volteé a mirar quién lo había dicho: un hombre moreno, chato, de cejas despeinadas, el pelo largo brotándole por las orillas de la cachucha, rostro abotargado por el consumo excesivo de alcohol. Estaba, de hecho, muy borracho. Me resultaba vagamente conocido, como toda la gente del pueblo más o menos de mi edad.

—El muerto —aclaró.

—¿Nos conocemos? —le pregunté, emprendiendo de nuevo la caminata hacia cualquier lado.

—No sé —dijo el tipo, que se había puesto a seguirme—, ¿tú quién eres?

Le expliqué mi relación con Everardo, enfatizando que era una relación lejana, que yo ya ni siquiera vivía en Lagos.

—Entonces no nos conocemos —dijo—. ¿Dónde vives ahora?

—Lejos —le contesté.

—¿En la ciudad de México?

—No, en el extranjero.

—Ah, con razón hablas raro.

Me fue imposible identificar qué palabras, qué expresiones o formas sintácticas, qué entonaciones o pausas, me habían delatado; según yo, después de unos días en México era capaz de adaptarme, de recuperar mi manera de hablar y de adoptar las novedades, de mimetizarme.

Aturdido, me detuve y dediqué unos segundos a

orientarme. El tipo se mantuvo a mi lado, paciente. Localicé la torre de la parroquia como referencia. Debía caminar hacia el otro lado.

—Mucho gusto —dijo el hombre—, yo ya ni me acuerdo cómo me llamo, todo el mundo me dice el Corcholata.

Me tendió la mano.

—Corcho para los amigos —añadió.

Le di la mano con desconfianza, sabiendo que hubiera sido peor no hacerlo. Tenía las palmas rugosas, como si trabajara en el campo.

—¿Adónde vas? —me preguntó.

Le contesté que a casa de mis papás.

—Invítame un trago —dijo.

Emprendí ahora sí el camino de vuelta a casa.

—Me quedó debiendo dinero —dijo el tipo, persiguiéndome—, era un hijo de la chingada. El papá también era un hijo de la chingada, yo lo conocí. De tal mierda tal mierdecilla.

Me hubiera encantado pedir un Uber, pero recordé que la última vez el sistema había rechazado mi pago y ya solo traía veinte pesos de efectivo. Podría haber ido al cajero; al día siguiente iba a necesitar sacar dinero para los gastos de llevar a mi mamá a Guadalajara, pero el tipo no se me despegaba. Además, eran veinte minutos caminando, media hora máximo, y con toda seguridad el paseo iba a ayudarme a recuperar la calma.

—Yo tengo un rancho allá en Comanjilla —continuó el tipo, el mentado Corcholata, que se mantenía atrás de mí con dificultades–, yo se lo rentaba para que acampara ahí con sus clientes, hay un lugar muy bonito al lado de un riachuelo donde yo puse unas parrillas para hacer carne asada.

En cuanto consiguiera normalizar mi respiración y pudiera acelerar, me lo quitaría de encima.

–Me debe un montón de dinero –dijo el Corcho–, se suponía que estábamos haciendo un negocio juntos, pero se chingó la lana. Era un pinche ratero. Y la mamá dice que ella no sabe nada. Me corrió del velorio, se ofendió porque me puse a hablarle de dinero, pues si no es ahora ¿cuándo quiere que hablemos?, yo no sé ni dónde localizarla.

–Qué mal –le contesté, sin aclarar qué era lo que estaba mal, porque estaba mal todo.

El tipo me sujetó del antebrazo para detenerme.

–Yo le salvé la vida y ni siquiera eso me lo tienen en consideración. No ahora –aclaró, como si fuera necesario–, ahora no lo salvó ni su pinche madre. Yo lo salvé cuando se tiró del parapente.

–Cuando tuvo el accidente –repliqué, intentando zafarme.

–Qué accidente ni qué ocho cuartos –dijo el hombre–, se quiso matar, pero no tuvo los huevos de tirarse cuando estaba bien arriba.

–Tengo que irme –le dije.

–¿Me das para un trago? –insistió.

Aproveché el movimiento que hice al sacar la cartera para zafarme. Le di los veinte pesos que me quedaban.

—Lo siento, no traigo más —le dije, porque de veras me daba vergüenza no poder cumplir con ese gesto de simpatía, darle mínimo cincuenta pesos, sobre todo cuando nos unía el desprecio a Everardo.

Por fin pude escaparme.

Al día siguiente, me desperté tempranísimo y fui a casa de mis tíos a recoger el coche que iban a prestarnos para ir a Guadalajara. Toqué el timbre, rodeado de gatos callejeros: mis tíos llevaban años poniéndoles agua y comida, y ahora su casa era conocida en la colonia como *la casa de los gatos*. Mi tío, como mi papá, también estaba jubilado, aunque él había sido ingeniero.

Sacó el auto de la cochera y lo estacionó en la calle, frente a su casa. Me explicó un par de detalles del funcionamiento, el tipo de gasolina que usaba, la presión de las llantas, todo con actitud distante, desconfiada, como si no quisiera prestármelo o como si temiera que yo acabara chocando o descomponiéndolo. Mi tío tenía dos coches aunque mi tía no manejara; el segundo lo usaba solo como reserva para imprevistos. No era un auto tan viejo y estaba en perfectas condiciones.

Hasta que intenté despedirme no descubrí el motivo real de su actitud recelosa.

—¿No te ha buscado la policía? —me preguntó.

Le contesté que no sin más explicaciones.

Así que ya le habían llegado los chismes; eso significaba que quizá mis papás también ya estaban enterados.

—No creo que sea buena idea que te vayas —me dijo mi tío—, va a parecer que estás huyendo.

—Es lo que vine a hacer —le contesté—, vine a cuidar a mis papás.

Se me quedó viendo, esperando a que, como mínimo, exhibiera pruebas en mi defensa, una coartada.

—¿Por qué no cambias la cita de tu mamá? —insistió—, van otro día.

—En el gabinete solo pueden hacerle los exámenes hoy —repliqué—, los sábados solo atienden urgencias y es cuando Ángel puede colarnos. Además, también voy al notario a arreglar unos papeles y no estuvo nada fácil que nos dieran cita con el personal de guardia.

Me arrepentí al instante, si me preguntaba qué papeles, le daría pie, encima, a que habláramos de mi exesposa, quien le caía especialmente bien a mis tíos, y sobre la que todavía me preguntaban.

—Dicen que te fuiste corriendo del velorio —contestó con cara de consternación.

¿Cómo se me había ocurrido que mi tío, en esas circunstancias, fuera a acordarse de mi exesposa? Estábamos hablando de que su sobrino era sospechoso de haber cometido un asesinato, no podía pensar en nada más en ese momento.

—Everardo se murió de un ataque al corazón —le contesté, yendo al grano, como los animales—, lo demás fue pura coincidencia.

–Pero ya ves cómo es la gente –replicó.

–Exactamente, tío –le dije–, yo no puedo hacerme responsable de la imaginación de la gente.

En realidad, de lo que no podía hacerme responsable era de la compulsión de la gente a contar chismes, que terminaba difuminando las fronteras entre verdad y mentira y provocaba que para que algo se asumiera como real ya no hicieran falta pruebas, testigos, razones, fundamentos, ni siquiera un miserable indicio, bastaba el placer morboso que el chisme causaba al expandirse, su capacidad seductora; entre más placentero era el chisme, más verdadero se volvía.

–Si te vas, no vas a poder ir a la misa y al entierro –insistió mi tío.

Me metí al coche.

–Ya sabes que yo nunca voy a misa –le respondí.

Tenía que irme ya, antes de que mi tía, que se estaba bañando, se uniera al interrogatorio e hiciera la huida imposible. Mi tía era implacable, no te dejaba ir sin, por lo menos, dos o tres confesiones.

Traté de arrancar el coche, pero se ahogó. Mi tío me repitió lo primero que me había explicado, la maña que tenía el coche para encenderse. Seguramente pensó que estaba nervioso y por eso no le había puesto atención. Obedecí sus indicaciones. Su consejo funcionó. Por fin pude largarme.

Estacioné el coche afuera de la casa de mis papás y, de pronto, sentí una prisa enorme por salir de Lagos cuanto antes. Había una lista interminable de percances que podían impedir que llegáramos a tiempo a nuestro destino: una llanta ponchada, un accidente en la carretera que bloqueara el paso, una procesión religiosa, tormentas, terremotos, manifestaciones políticas. Subí corriendo las escaleras para buscar mis cosas, la casa vibraba por debajo de mis zancadas, se estremecía, quejándose, como si los cimientos gimieran de agotamiento.

Embutí en la cajuela la maleta de mi mamá, una mochila con mis cosas y dos paquetes con tapices de macramé que mi hermana necesitaba enviar a Guadalajara. Oriné preventivamente. Fui al cuarto de mis papás a apresurar a mi mamá.

—Dice Ángel que lleguemos lo más temprano posible —mentí—, vámonos ya.

Me invadió un mal presagio, otra vez un mal presagio. Le grité a mi hermana que nos íbamos ya; ella se quedaría en casa a cuidar a mi papá, y mi grito ni siquiera habría alcanzado a subir las escaleras cuando yo ya estaba al volante, haciendo sonar el claxon.

—¿Qué pasa, güey?, ¿adónde van tan temprano? —me dijo mi hermana desde la puerta—, van a llegar a barrer la clínica.

—Nos vamos ya —le respondí sin dar explicaciones, es decir, sin exponerme a que descubriera que mentía, porque todas las cuestiones relativas a la salud de mis papás se discutían en un grupo de WhatsApp donde estábamos todos los hermanos, y ella podría comprobar que Ángel no había dicho nada.

–¿Llevas los tapices? –me preguntó.

Le dije que sí. Me vio tan alterado que volvió a repetirme sus instrucciones.

–Los dejas en casa de Luis, ahí van a ir a recogerlos, no se te vaya a olvidar.

Afortunadamente, mi mamá ya estaba saliendo de casa.

–Así nos vamos con calma –concedió–, no me gusta ir con prisas.

En ese momento contemplé, dos cuadras más abajo, una patrulla de la policía. ¡Lo sabía! Arranqué en cuanto mi mamá se subió al coche y aceleré en la dirección opuesta a la patrulla y a la salida a Guadalajara.

–¿Adónde vas? –preguntó mi mamá.

–No se puede ir por allá –inventé–, hay obras, ya sabes, las tuberías del depósito de agua.

Dimos un rodeo, salimos a la carretera.

–¿No vas un poco rápido? –me dijo mi mamá.

–Si no, no llegamos a tiempo –respondí.

Solo cuando estuvimos en la desviación de San Juan, respiré aliviado. Miré de reojo a mi mamá. Parecía hipnotizada por el paisaje monótono de agaves. En los años ochenta, antes del éxito internacional del tequila, cuando íbamos de vacaciones a Guadalajara a visitar a mi abuela materna, el paisaje era otro, mucho más variado.

Le eché un ojo al celular. Tenía varias llamadas perdidas de mi hermana. Consulté los mensajes de WhatsApp. Maniobré como pude para colocarme los audífonos. Escuché el mensaje de audio que me había enviado Elena minutos después de nuestra partida: «Oye, no te vayas a asustar. Está aquí la policía, quieren hablar contigo. Dicen que es un interrogatorio de rutina. ¿Por qué te fuiste corriendo? ¿Qué les digo?».

Pensé mi respuesta. Debía elegir con cuidado las palabras para que mi mamá no se enterara de lo que pasaba. Grabé el mensaje: «Diles que no puedo ahora, que estoy en la carretera, que es una emergencia médica».

Me quité los audífonos.

−¿Todo bien? −preguntó mi mamá.

−Hay reunión de vecinos en nuestro edificio −le respondí, recurriendo al poco conocimiento que mi mamá tenía de mi vida en el extranjero−, querían que me conectara por videollamada, andan discutiendo si van a instalar un elevador.

Mi mamá asintió, sin convencimiento. Sabía que le estaba mintiendo, pero en ese momento estaba dispuesta a fingir que me creía; no necesitaba estresarse por otra cosa, estaba nerviosa por los exámenes y muy probablemente, aunque no me dijera nada, ya se habría enterado de los rumores alrededor de la muerte de Everardo.

Me detuve en la primera caseta para sacar el dinero que íbamos a pagar en el gabinete y algo más para gastos. Gracias a mi hermano, nos cobrarían solo cuatro mil pesos, pero nos los pedían en efectivo, como contraprestación. Había pensado hacerlo en Lagos antes de agarrar carretera, pero tuve que cambiar de planes dadas las circunstancias.

Entré al Oxxo de la caseta. Mi mamá se quedó en el coche esperando. Introduje la tarjeta en el cajero. Fue entonces cuando descubrí que la cuenta estaba en ceros.

Lo primero que se me ocurrió, temblando de la ansiedad y del susto, fue llamar a Rolando. Supuse que él sabría qué hacer, porque era muy pragmático, se dedicaba a los negocios, no tenía escrúpulos en situaciones en las que yo solía encontrar todo tipo de reparos morales o éticos; además, conocía a mucha gente, era de Lagos y tenía mucho dinero.

En cuanto atendió, me precipité a contarle lo ocurrido, sin rodeos, como los hombres primitivos. La comunicación se cortó antes de que me respondiera. O eso pensé, pero de inmediato entró la llamada de un número desconocido, uno de esos larguísimos que usualmente son de centrales de telemarketing.

–Soy yo –dijo–. Compra un chip y cámbiaselo al teléfono. Seguro te lo clonaron.

Me recomendó que por ningún motivo abriera las aplicaciones bancarias ni usara las tarjetas.

–Oye –le dije–, ¿podrías prestarme algo de efectivo? Tengo que pagar los exámenes de mi mamá.

–No te preocupes –me contestó–, yo les hago una transferencia, avísame cuánto es y la cuenta bancaria.

117

Le expliqué que teníamos que pagar en efectivo.

–Vente a la oficina –replicó–, aquí vemos.

–¿A la oficina? –le pregunté, extrañado de que estuviera ahí en fin de semana.

No me lo confirmó, que fue el equivalente a no desmentirlo, seguramente para no tener que decirme lo que estaba pensando: que si tenía tanto dinero y los negocios le iban tan bien era justamente por ser muy perseverante.

–Voy a buscar a un cuate que creo que puede ayudarnos, se dedica a eso –dijo.

–¿A clonar teléfonos? –le pregunté.

–No, güey, a denunciar fraudes electrónicos. Pásame los datos de tu cuenta para que investigue, tiene buenos contactos.

Colgamos. Me asomé por la cristalera de la tienda para localizar a mi mamá. Estaba medio erguida en el asiento, oteando hacia adentro de la tienda, buscándome con semblante de alerta; por su actitud temerosa pareciera que, en lugar de estar aguardando a que yo saliera, estuviera despierta de madrugada mientras mi yo adolescente andaba de fiesta o, incluso, estuviera en la sala de espera del Hospital Regional aquel día de hacía mil años en el que me habían atropellado. Ella intuía que algo no iba bien, que había problemas. Más que intuirlo, lo sabía. Eran muchos años, casi cincuenta, de ser mi mamá.

Le hice una seña con el dedo índice y pulgar de la mano derecha para aparentar normalidad, decirle que ahorita venía, que no tardaba, que no pasaba nada, aunque el cuerpo me temblaba tanto que quizá lo percibiera a la distancia.

Pregunté en la caja por los chips: el más barato costaba treinta pesos, pero no tenía acceso a internet, ni saldo, solo servía para recibir llamadas; si quería operar de manera normal por un par de días necesitaba como mínimo el de ciento cincuenta. Respiré hondo varias veces, traté de controlar mis temblores. Fui al coche, directo a la ventanilla de mi mamá.

–¿Traes ciento cincuenta pesos? –le pregunté–, no tienen cambio de quinientos.

Mi mamá agachó la cabeza para rebuscar en su monedero. Parecía decepcionada, como si le estuviera pidiendo dinero para drogas.

–No sé qué pasa con mis tarjetas de allá –añadí, intentando perfeccionar la simulación–, siempre me dan problemas.

Me entregó un billete de cien y otro de cincuenta. Volví al Oxxo a comprar el chip. Traté de instalarlo, pero era minúsculo, las manos me temblaban, el cartoncito se me cayó a media tienda, no lo encontraba.

–Chingada madre –dije, en cuclillas.

El cajero vino en mi rescate. Cuando completó la operación, me devolvió el celular, que yo tiré al piso, pues no fui capaz ni de atinarle al bolsillo del pantalón.

–¿Estás bien? –me preguntó.

Le dije que sí, que gracias por su ayuda.

–¿Vas a poder manejar? –insistió.

Asentí sin mucha convicción.

–Espera –me ordenó.

Fue a la caja y volvió a mi lado.

—Tómate esto —dijo.

Le pregunte qué era.

—A mí me sirve mucho —fue su respuesta.

Me palmeó la espalda y volvió a sus ocupaciones. Yo cerré los ojos y me concentré en mi respiración, hasta que recobré un mínimo de control sobre mi cuerpo. Escondí la pastilla en el bolsillo del pantalón, debajo del teléfono. Volví al coche.

—¿Todo bien? —me preguntó mi mamá, con el cuerpo agarrotado, como de presa amenazada, preparada para una mala noticia.

—Sí, todo —le contesté.

Retomamos el camino. Apreté fuerte el volante, la mano derecha aún me molestaba levemente, resultaba siniestro que el dolor del puñetazo persistiera y Everardo ya estuviera muerto.

—¿Cómo te fue en el velorio? —me preguntó mi mamá—. Regresaste muy pronto.

—Necesitaba descansar para que saliéramos temprano —mentí.

—¿Le explicaste a Irene por qué no pude ir?

—Sí, claro —volví a mentir.

A través del parabrisas, la pista de asfalto parecía infinita, como el miedo.

Follow the money

La oficina de Rolando estaba situada en una casa de dos pisos en una colonia de clase media del poniente de Guadalajara. No era para nada lujosa, correspondía perfectamente a su carácter y manera de hacer negocios: tenía una cochera muy amplia en la que cabían sus camionetas de reparto, un cuarto enorme atrás del jardín que usaba como bodega, una sala de juntas acondicionada en el antiguo comedor, despachos en las que habrían sido las habitaciones de los niños. Su oficina tenía baño propio, supongo que solía ser la suite matrimonial.

–Checa que esté bien –me dijo Rolando, extendiéndome un sobre de papel estraza.

Conté los billetes, eran veinte billetes de doscientos pesos, cuatro mil pesos en total. Lo inteligente habría sido pedirle un poco más, mil pesos más, aunque fuera quinientos, tener un margen para imprevistos, pero me lo impidió la vergüenza. Le di las gracias, observándolo con el cariño que le he tenido desde siempre, no solo porque me estuviera prestando dinero.

Seguíamos siendo amigos porque teníamos un pasado común, una nostalgia a la cual recurrir al reencontrarnos, pero también porque procurábamos estar uno al tanto del otro: él me había visitado varias veces en el extranjero, había pasado vacaciones con nosotros, se había hecho amigo de mi esposa y conocía a mis hijos desde pequeñitos.

Marcó un número en el teléfono que tenía encima de su escritorio, activando el altavoz. Yo guardé los billetes en mi cartera y le devolví el sobre de papel estraza vacío.

—¿De dónde lo conoces? —le pregunté.

—Hacíamos tiro con arco juntos —contestó—. Este güey es buenísimo, se clasificó para los próximos Panamericanos.

—¿Tú ya no vas?

Me refería a los viajes de fin de semana a la montaña para practicar, un pretexto para subirse a la moto —otra de sus aficiones—, salir de la ciudad, hacer turismo, comer y beber bien.

—No puedo siempre —respondió—, tengo muchísimo trabajo.

Los saludos y presentaciones de rigor fueron brevísimos.

—Perdona las prisas —le dijo Rolando—, su mamá lo está esperando, tiene que llevarla al médico. ¿Pudiste averiguar algo?

—Transfirieron todo en una sola operación —dijo

una voz que asocié con un treintañero en ropa deportiva, en un pants de la delegación olímpica mexicana, sugestionado por la información que me había dado Rolando–. Mandaron el dinero a una cuenta, lo transfirieron a otra, cerraron la primera cuenta, volvieron a transferir el dinero, cerraron la segunda cuenta, etcétera. Así le hacen siempre. De esa manera es casi imposible rastrear el dinero. ¿Recibiste algún mensaje en el que el banco te pidiera confirmar tu contraseña o algo por el estilo? –me preguntó.

Le dije que no.

–¿Algún link sospechoso? –insistió–, casi siempre son enlaces rotos, haces click y no te llevan a ninguna parte, abren páginas vacías o que marcan error.

Chingada.

Sentí que la rabia me desbordaba. Me hubiera gustado pelar un millón de cacahuates, morderme las uñas hasta arrancarme a dentelladas los dedos, matar a Everardo. Iba a darme un ataque, no supe de qué, pero advertí la inminencia de algo horrible, el techo se me caía encima, un terremoto iba a sepultarnos bajo los escombros de esa casa convertida en oficina.

Introduje la mano al bolsillo del pantalón, pesqué la pastilla que me había dado el cajero del Oxxo y aproveché que Rolando estaba concentrado mirando la pantalla de su computadora para tomármela en seco sin que se diera cuenta.

–¿Qué pasó? –dijo Rolando cuando volvió a verme a la cara.

–Nada –le respondí.

Su amigo nos estaba explicando que, aunque yo llevara todas las de perder, valía la pena levantar una denuncia, que algunas veces se le ganaba al banco, que la culpa era del banco por la vulnerabilidad de su tecnología, pero que eso solía tardar años. Luego se ofreció a iniciar las diligencias. Yo no le dije nada, estaba mirando el techo, esperando el momento en que iba a dar señales de derrumbarse encima de nosotros, pero Rolando le contestó que sí, por favor, y que le mandara a él la factura por sus honorarios.

–¿Qué pedo? –me dijo Rolando al cortar la llamada.

Se había dado cuenta de que yo ya había entendido lo que había pasado; nos conocíamos tan bien que resultaba imposible mentirle del todo, aunque tampoco iba a contarle la verdad completa, esa verdad que me humillaría y me haría quedar como un tarado.

Le expliqué que Everardo me había enviado un link para que viera unas fotos la noche en que nos habíamos encontrado.

–¿Fotos de qué? –me preguntó.

–De nosotros –mentí–, fotos viejas, de hace mil años. Al final me las enseñó Leticia en su teléfono, porque en el mío no se abrían, pensé que no tenía internet, estaba conectado al wifi del bar, la señal iba y venía.

–¿Estaban con Leticia?

–Nos las encontramos ahí –le dije.

–¿A quién más se encontraron? –me preguntó, porque se me escapó el plural, como se me había escapado el nombre de Leticia, no debería haberla mencionado.

Nos estábamos desviando de lo importante, pero lo que sucedía era que Rolando y Leticia habían sido novios en la misma época en la que yo andaba con Berta.

—A Berta —dijo él sin esperar mi respuesta.

Asentí avergonzado.

—Con razón —añadió.

Por lo visto, Rolando tampoco tenía fe en que yo hubiera cambiado: creía, para empezar, que lo de Berta seguía afectándome, que me hacía vulnerable, como la tecnología bancaria, fácil de atacar.

—Ese cabrón no deja de chingar ni muerto —dijo Rolando, volviendo a Everardo—. ¿Sabes que me quedó debiendo dinero?

No, no sabía. ¿Cómo iba a saberlo si él no me lo había contado?

—No me extraña —le contesté—, le debía a todo el mundo. ¿Por eso te peleaste con él?

—Nah —dijo—, no era mucho dinero. Me encabroné con él porque me hizo quedar mal con unos clientes. Le contraté una excursión a la sierra y estuvo de la chingada. Había mucho viento, no pudimos hacer nada; ni rapel, ni parapente, ni escalada, nada.

—Bueno, eso tampoco habrá sido su culpa —le contesté.

No pretendía defender a Everardo, faltaba más, pero Rolando tenía tendencia a ser exageradamente rígido con los demás, nadie estaba a su altura, y ese era el motivo por el que sus negocios no crecían todavía más, tenía una altísima rotación de personal, nadie aguantaba su nivel de exigencia.

–Tendría que haberlo previsto –continuó–, checar la previsión del tiempo, esa era su chamba. Luego se supone que iba a haber una carne asada, pero el pendejo se había peleado con el güey que se las organizaba, un pinche borrachito que tiene unas parrillas allá en Comanjilla, al lado de un río bien culero, todo contaminado. Tuve que llevarme a la gente a León. Acabamos comiendo a las siete, bien muertos de hambre, todo mundo emputado. Lo peor es que yo lo había hecho por ayudarlo. Me contó que le estaba yendo de la chingada, pero a ese tipo de gente no hay ni cómo echarle la mano.

–Perdón –lo interrumpí–. Tengo que irme. Hablamos al rato.

Salió de atrás de su escritorio, lo rodeó. Nos dimos un abrazo. Tenía más sobrepeso que la vez anterior que lo había visto, llevaba una lucha eterna contra las variaciones de peso.

–Oye –me dijo cuando todavía estábamos estrechándonos.

–¿Qué pasó? –le contesté.

Se separó de mí, me apretó cariñosamente los antebrazos y se pensó una vez más lo que iba a decir, si iba a decirlo, si valía la pena.

Adiviné lo que venía a continuación. No me equivoqué.

–La gente anda diciendo que amenazaste de muerte a Everardo –dijo.

—¿Qué gente? —le pregunté, por decir algo.

—Los amigos, nuestros compañeros de la escuela.

Me miró a los ojos, serio, esperando que me defendiera.

—Ya ves cómo es la gente de Lagos —dije.

—¿Y esto? —contestó, mostrándome la pantalla de su celular.

—¡Fue una broma!

—No te hubieras salido del grupo de WhatsApp.

—Se la pasaban mandando memes y porno todo el pinche día —me quejé; era verdad.

—Sí, pues, pero cuando te saliste todo el mundo pensó que eras un mamón, porque además no le avisas a nadie cuando vienes.

—Te aviso a ti —le contesté.

—¡Para pedirme dinero! —replicó, riéndose.

Me carcajeé con gusto, no supe si lo hice para dejar en claro que había asumido que su comentario había sido una broma, si pretendía demostrarle que lo de Everardo no me afectaba o si la pastilla comenzaba a hacerme efecto.

–Tengo que irme, en serio –le dije.

Me palmeó la espalda como despedida.

Bajé al primer piso. En la recepción, mi mamá estaba corrigiéndole los puntos del tejido de un suéter a la recepcionista, la única empleada que estaba ahí aquel día. La escena me trajo paz, me recordó a mi abuela materna, las vi a las dos tejiendo una tarde cualquiera de mi infancia con la tele sintonizada en las telenovelas. Esa sensación de tranquilidad me llenó de optimismo, todo iba a estar bien, todo iba a tener arreglo, evidentemente la pastilla ya estaba haciendo de las suyas.

–Hijo –dijo mi mamá–, dale doscientos pesos, le compré un boleto de una rifa.

–¿Cómo? –contesté.

La recepcionista me explicó que estaba organizando un sorteo para juntar el dinero de una operación que tenía que hacerse su papá, una prótesis de cadera. Mi mamá me miró con ojos de perrito en adopción. Además, le debía ciento cincuenta pesos. Saqué la cartera y le di uno de los billetes.

Mi hermano Ángel miraba en la pantalla de la computadora las imágenes. Fruncía el ceño como si algo no le gustara, y a cada segundo que transcurría en silencio mi mamá se apretaba más las manos, aprensiva. La conexión entre el endurecimiento del semblante de Ángel y la palidez de los dedos de mi mamá, por la falta de circulación que provocaba su tic nervioso, hubiera sido graciosa en otras circunstancias. A mí, la verdad, me parecía chistosa, llevaba un rato relajadísimo, todo iba a estar bien, en cualquier momento Ángel iba a hablar y, con la gravedad que lo caracterizaba, con esa manera tan seria en la que se tomaba todas las cosas, nos explicaría que existía otro tratamiento, uno accesible, baratísimo, regalado, tan regalado que incluso yo podría pagarlo con mi cuenta en ceros.

Pero entonces dijo, sin desviar la mirada de la imagen de la columna vertebral de nuestra mamá en la pantalla:

–Pues los resultados estaban bien. No va a haber de otra. Hay que hacer el tratamiento que nos recomendaron.

Mi mamá asumió la noticia con alarma, las facciones de su rostro se contrajeron en un rictus de desesperación.

–Tú no te preocupes –dijo Ángel, muy en su papel de médico, radiólogo, primogénito y hermano mayor–, ya veremos cómo le hacemos.

–Cómo no me voy a preocupar –replicó mi mamá–, es muchísimo dinero.

Mi hermano volteó a verme, sorprendido. ¿Quién le había soplado el precio del tratamiento? Yo no. Ni él, por lo visto.

–Me están esperando para hacer una ecografía –dijo Ángel–, los acompaño a la salida.

En la recepción, le pidió a mi mamá que se sentara, se apartó de ella y me llevó a una esquina.

–¿Qué traes? –me preguntó en voz baja.

–¿De qué? –le contesté.

–Estás raro –dijo.

Dudé si era capaz de percibir el efecto tranquilizante de la pastilla o si quería sondear mi estado de ánimo por lo de Everardo. ¡Y eso que no sabía que me habían vaciado la cuenta bancaria!

–¿Es por lo de Everardo? –me preguntó.

Sopesé mis posibles respuestas y sus consecuencias, todas funestas. Lo mejor sería huir, ir hacia adelante.

–Es que tengo que ver a Daniela ahorita –le dije para distraerlo.

–¿Y para qué la tienes que ver?

–Vamos a vender el departamento.

–Ah, qué buena noticia –contestó, aliviado, me imagino que contando mentalmente con ese dinero para pagar el tratamiento de mi mamá–, siempre te dije que no era bueno dejar las cosas a medias –añadió, para disimular la conveniencia de esa operación justo ahora.

–Apenas vamos a firmar los papeles –le aclaré–, tenemos cita con el notario, es un trámite que toma su tiempo.

–Lo importante es que lo vendan –insistió mi hermano.

134

Asentí distraído porque de golpe se me había ocurrido la solución, o al menos una posible: pedirle prestado el dinero a Rolando, darle los papeles del notario como garantía, y pagarle en cuanto yo recibiera el dinero.

¡Qué buena era la pastilla! ¡Qué lucidez! Le di las gracias, mentalmente, al cajero del Oxxo.

Mi hermano se despidió, palmeándome la espalda para darme ánimos.

—Le das los cuatro mil pesos a la recepcionista —me dijo—, ella ya sabe.

Pensé en pedirle los doscientos pesos que me faltaban, pero me dio vergüenza. Cumplí con la pantomima de contar y recontar los billetes, como si hubiera un error, pero de nada servía, porque la recepcionista tenía la mirada gacha, estaba mirando un video en su celular. Le entregué los billetes, di las gracias y salí a la calle con mi mamá. Pero ¡qué lento caminaba mi mamá! Abrí la puerta del coche y la ayudé a sentarse.

—Faltan doscientos pesos —escuché a mis espaldas antes de que alcanzara a subirme.

—Ah, que te los dé mi hermano —contesté sin voltearme por completo.

—¿Su hermano? —preguntó.

—El doctor es mi hermano —respondí, ya con medio cuerpo dentro del auto.

Cerré la puerta y encendí el coche.

—¿Todo bien? —preguntó mi mamá con mirada asustada.

No le había gustado nada que mi hermano y yo nos alejáramos de ella para hablar a solas, debía haberle parecido que le ocultábamos algo. Y claro que le estábamos escondiendo la verdad, por supuesto que sí, así era la vida: primero eran los padres los que guardaban secretos, por el bien de los hijos, y luego llegaba la hora de que los hijos les correspondieran.

Llevé a mi mamá a casa de su hermano, mi único tío materno, y luego de saludar apresuradamente, de platicar lo mínimo elemental, de pedir disculpas por no poder quedarme, con la excusa del trámite en la notaría, me metí de vuelta al coche y llamé a Rolando.

En honor a la verdad, mi petición no le entusiasmó mucho que digamos, normal, ¿a quién le gusta que le pidan dinero prestado? Además, no era la primera vez que lo hacía: cuando me fui a vivir al extranjero, luego de separarme, él me hizo un préstamo con el que pude viajar e instalarme, un préstamo que tardé años en devolverle. Pero ¡se lo había pagado!

Sea como fuere, luego de quejarse de no sé qué problemas relacionados con la fluctuación del tipo de cambio entre el peso y el dólar, se apiadó de mí, o de mis circunstancias, de mi mala racha, de mi mala suerte, de mi estupidez. Conocía a mi familia desde niño, apreciaba a mi mamá como si fuera parte de su familia. Eso sí, me puso como condición que le entregara una copia del documento del notario, según él para cuantificar el préstamo: me daría el diez por ciento de la valuación, cantidad que debería ser suficiente para pagar el tratamiento. Me ofendí un poquito, solo un poco: la pastilla seguía haciendo de las suyas y yo, la verdad, no tenía cómo ni para qué ponerme digno.

Esperando en la puerta de la notaría, atenta al celular, aparentemente impaciente, aunque yo había llegado diez minutos adelantado, me encontré a mi exesposa. La había visto solo una vez desde la separación, hacía mil años, diez, once, también para firmar unos papeles del departamento, el contrato de arrendamiento de sus tíos, que habían estado viviendo ahí hasta entonces con un acuerdo de palabra. Se la veía bien, un poco más llenita –como yo–, un poco más arrugada –como yo– y con un corte de pelo distinto, corto, medio masculino –yo también había cambiado de peinado, me había dejado crecer el pelo, y me había rasurado la barba.

–Llevo llamándote toda la mañana –me dijo, luego de que nos diéramos un abrazo más protocolario que cariñoso–, ¿tienes el teléfono apagado?

Le expliqué que había cambiado el chip por uno con un plan más económico, por las llamadas internacionales, etcétera.

–*Escucha* –me dijo.

Clavó su mirada en mis ojos, intentando conectar conmigo, tratando de rescatar algo de lo que nos había juntado y mantenido unidos por casi diez años. Pero no había nada.

–No podemos vender el departamento –dijo.

La frase me sacudió, como si me acabaran de despertar de un sueño plácido, como si ni siquiera el fármaco que circulaba por mis venas fuera capaz de servir de antídoto contra noticias como aquella. La puerta al pasado —esa puerta que mi actual esposa me repetía que había que cerrar y atrancar vendiendo el departamento— estaba totalmente desvencijada, fuera de los goznes, hinchada, ya ni siquiera encajaba en el umbral. Quizá iba a ser necesario tirarla y mandar hacer una nueva.

—Ya empezamos el trámite —le respondí—, vamos a perder el dinero que le pagamos al notario.

Seguramente ese detalle era el menor de los problemas, pero yo solo conseguía pensar en dinero.

—Mis tíos no se pueden mudar ahorita —replicó Daniela—. Nos seguirán pagando la renta, por supuesto.

—Te vendo mi parte del departamento —repliqué, a la desesperada.

Yo sabía muy bien que ella no podía comprármelo, tenía otra hipoteca, la de la casa en la que vivía con su actual pareja —que se había negado a vivir en el departamento que había comprado conmigo— y con su hija, un año más grande que el mayor de los míos.

—¿Tú crees que si pudiera no te lo habría comprado ya? —contestó, tal cual—. Cada mes que te hago la transferencia tengo que acordarme de ti, a veces hasta siento que te estuviera pagando la pensión.

—Fuiste tú la de la idea —me defendí.

—Tú saliste corriendo —me respondió, agriamente.

Nos callamos para evitar que la pelea escalara.

Era una acusación, cuando menos, inexacta: yo no había salido corriendo, le propuse que nos fuéramos juntos al extranjero, no paré de repetirle que el cambio de escenario nos vendría bien, que quizá eso era lo que necesitábamos para arreglar nuestros problemas –hacía tiempo que nos iba mal–. Si ella decía que me había ido corriendo, era porque me había ido aunque ella no había aceptado venirse conmigo, aunque ella había decidido quedarse; decía que yo nunca podría entender que no quisiera alejarse de sus papás porque ella era hija única, que para mí era fácil largarme porque tenía cuatro hermanos.

–Yo sé que tenemos que vender el departamento –dijo entonces, conciliadora–. Dame un tiempo. Un par de años, máximo.

–No tengo tiempo –le contesté–, me urge el dinero.

–Mi tía tiene cáncer –dijo entonces Daniela.

Chingada.

–Todo el mundo tiene cáncer –le dije.

Me volvió a dar otro abrazo frío y se fue luego de darme las gracias por entender la situación, que era una manera de obligarme a entenderla, de imponérmelo, dándome a cambio el beneficio de sentirme comprensivo y solidario, aunque en ese momento a mí no me sirviera nada que no pudiera ser intercambiado por dinero. Esperé a que desapareciera de mi vista, me aseguré de que no volviera, y toqué el timbre de la notaría.

El personal de guardia, disponible para emergencias –me imagino que relacionadas con defunciones–, me informó que no podía llevarme una copia del documento si no contenía las dos firmas. Yo les había explicado que Daniela vendría finalmente el lunes, que había tenido un imprevisto. Solicité permiso para fotografiar el acta con el celular, supuestamente para comprobarle a mi exesposa que yo ya había firmado. No me lo impidieron. Hice las fotos. Me aseguré de enfocar bien la parte donde aparecía la valuación del departamento para que saliera perfectamente nítida: dos millones y medio de pesos.

La casa de Luis tenía su taller de pintura en el segundo piso y, por todas las paredes y repisas, obras suyas y de amigos, una muestra bastante representativa del arte contemporáneo de Guadalajara. También había muchas plantas, cerámica, textiles y los dibujos inocentes de mi sobrina, que se pasaba el día imitando a mi hermano. Cada vez que yo pasaba por la ciudad, me quedaba ahí, no solo por ahorrarme el hotel o por no molestar a nadie más, sino porque me hacía sentir bien, era como reconectar con el pasado, pero sin nostalgia.

Me abrió la puerta mi cuñada, que estaba ocupada horneando bizcochos −tenía un negocio de galletas artesanales−. Mi hermano y mi sobrina se habían ido a una fiesta infantil, así que aproveché para echarme en el sofá de la sala y me quedé dormido.

Desperté ya en la noche, descansadísimo, lúcido, y me puse a jugar con mi sobrina, que me quería enseñar sus muñecos de peluche, un video en el teléfono, sus dibujos. Veía todo con una claridad inusual, como si fuera capaz de observar la realidad más allá de sus apariencias; pero estaba muerto de hambre, no había comido. Esperamos a que llegara Ángel y pedimos tacos. Menos mal que al momento de pagarlos yo estaba, convenientemente, en el baño, y luego no me dijeron nada, quizá porque les parecía justo invitarme los tacos si yo me iba a hacer cargo de pagar el tratamiento de mi mamá.

Luego de cenar, cuando mi sobrina ya estaba durmiendo y mi cuñada había aprovechado para irse a ver a una amiga, conectamos por videollamada a Uriel y a Elena, que estaban en Lagos. No era un hecho del todo extraordinario, pero que estuviéramos los cinco juntos tampoco era algo común y corriente. Coincidíamos de vez en cuando, en casa de mis papás, en Navidad, Año Nuevo, algún cumpleaños, bautizo, aniversario de bodas. No era solo por mi culpa, ellos también tenían sus familias, compromisos de trabajo, viajes, aunque, la verdad, si no hablábamos tan seguido era por la diferencia horaria a la que yo me encontraba.

Había algo festivo, pues, en esa reunión, por más que el motivo fuera serio e incómodo, así que Luis nos ofreció mezcal, Uriel se abrió una cerveza en su estudio de grabación y mi hermana se sirvió un tequila en la cocina de la casa de mis papás. Dudé si debería tomar algo tan fuerte, no sabía qué efecto tendría con la pastilla, si se cruzaría para bien o para mal, si interrumpiría ese estado de euforia tranquila, pero de-

141

cidí arriesgarme, porque de pronto el mezcal se me antojaba muchísimo, el cuerpo me lo pedía.

No entramos de golpe a hablar de dinero, claro que no, ni que fuéramos salvajes. Había que dar un rodeo inicial, ponerse al día, contar algún chisme, rescatar alguna anécdota de la infancia o adolescencia, fingir que lo del dinero no era tan grave, que de alguna manera lo íbamos a resolver, porque las cosas hasta ese momento, quién sabe cómo, se habían resuelto, habíamos podido resolverlas.

–Oigan –dije, después de brindar–, ¿se acuerdan de cuando Uriel trajo un coyote a la casa y decía que era un perro?

–Cómo olvidarlo –dijo Uriel–, mis papás me castigaron un mes sin permiso para salir.

–No te quejes –dijo Ángel–, a mí me fue peor.

–¿A ti? –replicó mi hermana–, ¿por qué?

–Se suponía que yo estaba cuidando a este güey –contestó.

Se sonrieron un ratito sin llegar a reírse, por cortesía; supongo que pensaron que traer al presente ese recuerdo tan manoseado había sido un recurso obvio para que no habláramos de la muerte de Everardo, pero de veras que yo no lo había hecho como estrategia de distracción, al contrario. Quería acabar de confirmar mis sospechas sobre el papá de Everardo, al fin y al cabo esa había sido la gota que había derramado el vaso, el detonante de que yo le hubiera pegado un puñetazo a Everardo y me acabara convirtiendo en sospechoso de su fallecimiento.

142

—Fue el mismo día que me caí a la zanja —dijo Luis.

Examiné su rostro e identifiqué la cicatriz. Le habían tenido que dar ocho puntos encima de la ceja derecha, ocho puntos mal hechos por un pasante del Hospital Regional, porque mi papá no estaba cuando mi mamá fue a buscarlo al consultorio, se había ido a hacer una visita a domicilio.

—Día histórico —completó mi hermana.

—Oye —le dije a Uriel—, pero ¿quién era el tipo que te vendió el coyote? Dijiste que estaba herido.

—Leve —contestó mi hermano—, le habían disparado, pero eran raspones, no le habían dado de lleno.

—Pero ¿quién era o qué? —insistí.

—No sé —respondió Uriel.

—Habrá sido un narquillo, ¿no? —dijo Luis.

—En aquella época no había narcos en Lagos —dijo Uriel.

—Siempre ha habido narcos en Lagos, güey —replicó mi hermana.

—Ya, ya —contestó Uriel—, pero no como ahora, antes no había tantos.

—¿Por qué sacas eso ahora? —preguntó Ángel.

—Por algo que me dijo Everardo el otro día —le respondí, les respondí a todos, para que vieran que no tenía nada que ocultar, ni quería evitar el tema, es más, yo mismo mencionaba su nombre con todas las letras, el mezcal parecía estar intensificando el efecto remanente de la pastilla.

—Pregúntale a mi papá —dijo Luis—, él fue a buscarlo con la policía, ¿se acuerdan? Nunca supe qué pasó después.

—Nunca nos contaron —especificó Ángel.

Normal. Mi papá no solía darnos explicaciones, no era su deber, ni tampoco nosotros teníamos derecho a pedírselas. Lo único que nos dijo cuando volvió fue que al día siguiente vendría una persona a llevarse el coyote. Al final, no se lo llevaron, lo evitó Uriel. Imaginando lo peor, que lo sacrificarían, lo harían mole o se lo llevarían al zoológico, se escabulló de su cuarto en la madrugada y le abrió la puerta del lavadero, donde lo habían encerrado. El coyote huyó, y nunca más lo volvimos a ver, pero antes despanzurró a los pollos de mi hermano, se los comió y nos dejó las cabezas, las patas y los esqueletos de la rabadilla regados por el jardín. Uriel solía decir que ese había sido el trauma definitivo de su infancia, y el motivo por el que había terminado siendo ingeniero de sonido, en vez de ser veterinario, zoólogo o biólogo.

Hicimos una pausa callados, cada uno concentrado en su bebida, quizá un minuto de silencio en memoria de los pollitos de Uriel, quizá honrando los legendarios silencios de mi papá, que participaba de la convivencia familiar más con gestos o ademanes que con palabras.

—Oye —me dijo entonces Ángel—, ¿y qué pasó con Everardo?

—Pues se murió —le contesté.

La risa se me escapó de manera espontánea.

—No mames, no te rías —dijo Uriel—, pobre güey.

—Era un hijo de la chingada —afirmé cuando terminé de reírme—, hay que decir la verdad, era mala persona.

—Bueno, pero no te vas a alegrar de que se muera —dijo mi hermana.

No le respondí nada, porque a lo mejor sí me alegraba.

—Pero ¿se sabe qué le pasó? —preguntó Luis, que, además de despistado y distraído, era el más desconectado de la vida del pueblo.

—Le dio un ataque al corazón —contesté, tratando de zanjar la controversia incluso antes de que empezara.

Ángel se me quedó mirando a los ojos. Me di cuenta de que estaba dudando entre abrir la boca o mantenerla cerrada.

—Yo tengo un chat con los excompañeros de la primaria —dijo entonces— y varios fueron ayer al velorio. Dicen que había rumores de que tú y él se habían peleado. Que te portaste raro en la funeraria.

—No mames —dijo Luis.

—¿No sabías? —le dijo Uriel.

—¿Qué cosa? —contestó Luis.

—Los pinches chismes —replicó Uriel.

—Aquí no se habla de otra cosa —dijo mi hermana.

—Fui a tomar unas cervezas con él la noche antes de que se muriera —intervine—. Que se muriera luego fue pura casualidad. Y no nos peleamos, nomás le di un chingadazo porque estaba insoportable, estuvo chingue y chingue toda la noche.

En realidad, no había sido una casualidad, porque la casualidad y las coincidencias eran fenómenos de las grandes ciudades, no de los pueblos; en los pueblos predominaban las causas y efectos históricos, la lógica de la rutina y la repetición. Nada había sido una casualidad aquella noche, incluso podría decirse que todo había estado destinado a suceder, que era imposible que no sucediera, que mi única posibilidad de evitarlo habría sido quedarme en casa de mis papás, no haber aceptado la invitación de Everardo, no encontrarme con él, con Berta, con Leticia.

Me terminé el mezcal y le pregunté a Luis si tenía una cerveza. Se levantó a traérmela. Lo esperamos.

–Ese güey era un atascado –dije–, se metía de todo.

–¿En serio? –preguntó Luis.

–Uh, sí –contestó mi hermana–, ¿no sabías?

–No dudo que le haya dado el infarto por algo que se metió –aseguré–. Incluso esa noche tuvimos un pedo con un cabrón que le vendía y al que le debía lana.

–No mames –dijo ahora Ángel.

–Lagos ya no es lo que era –explicó Uriel–, antes era pura chela, puro tequila, la gente se tomaba sus cubas, todo tranqui, ahora la banda se mete de todo, coca, cristal, pastillas.

–Por eso las cosas están como están –sentenció Ángel, al que le encantaba ponerse moralista.

Nos quedamos todos callados un momentito, evocando el Lagos provinciano de nuestra infancia, ese Lagos idílico en el que todo mundo era alcohólico, pero no había drogadictos.

—¿Y qué vas a hacer? —me preguntó Uriel.

—Nada —respondí—, ¿qué voy a hacer?

—La policía vino a buscarlo —informó Elena a mis hermanos.

—Hablé con ellos por teléfono —mentí—, solo querían saber si Everardo me había contado algo, si lo había notado raro, era un interrogatorio de rutina.

—El problema es que tú te vas y nosotros nos quedamos aquí —replicó Uriel.

—¿Y qué se supone que tendría que hacer? —le pregunté.

—A ver, güey —intervino mi hermana—, ya sabemos que tú no le hiciste nada, pero te lo estamos diciendo para que tengas cuidado con lo que dices y lo que haces, llevas muchos años viviendo fuera, ya no sabes cómo son las cosas aquí, neta.

Cada vez que alguien me decía que ya no sabía cómo eran las cosas en México, yo sentía que me estaba diciendo que me fuera, que debería pensar en irme cuanto antes, regresar a mi vida en el extranjero y no volver más aquí, para qué, por qué se me había ocurrido volver, aunque fuera unos días.

—Oigan, sobre lo del tratamiento —dijo por fin Ángel, cambiando oportunamente de tema—, conseguí que en el hospital solo nos cobren el quirófano y los materiales, es un procedimiento sencillo, si todo sale bien mi mamá se quedaría solo una noche internada.

Añadió que tanto el anestesiólogo como el cirujano no cobrarían honorarios, porque eran amigos suyos, y nos explicó a grandes rasgos el procedimiento: una especie de inyección de colágeno entre las vértebras.

—¿Qué onda con la lana? —preguntó.

Aunque la pregunta pareció estar dirigida a todos, me la estaba haciendo solo a mí, para confirmar que mi promesa de hacerme cargo de los gastos seguía en pie.

—¿Cuánto sería? —pregunté.

—Más o menos doscientos mil —contestó.

—Es mucho más de lo que había pensado —dije—, es muchísima lana.

Nadie dijo nada.

—Sí, está cabrón —dijo Luis para romper el silencio.

El internet de Uriel falló y se desconectó, y esperamos a que volviera.

—Se fue la luz —nos explicó, sin imagen—, me conecté con el celular. No sé si tengo muchos datos, ¿qué pedo entonces?

—Pues no sé —contestó Ángel, mirándome.

—¿Cuándo le harían el tratamiento? —pregunté.

—Tengo que ver —respondió Ángel—, la idea sería hacerlo cuanto antes. Confirmo fechas el lunes, pero digamos que en una o máximo dos semanas.

Recordé la suma en la que había sido valuado el departamento que tenía con mi exesposa, dos millones y medio, y calculé el diez por ciento: doscientos cincuenta mil pesos.

—Yo pago y luego nos ponemos a mano —dije.

—¿Estás seguro? —me preguntó Ángel, que me miraba con cara de juzgar que yo llevaba todo el día muy raro.

—Haz la cita —le contesté—. Voy a tener que arreglar unos asuntos, no pensaba que fuera tanta lana. Yo mañana me llevo a mi mamá de regreso a Lagos y ya venimos cuando nos digas.

Mi papá estaba sentado en su sillón ortopédico rascándose la cara. No estaba viendo la tele, no estaba leyendo, nada. Solo miraba hacia la pared de enfrente mientras su mano derecha, distraída, arañaba suavemente los lunares y verrugas que, con el paso de los años, le habían ido saliendo en el rostro.

—¿Qué haces? —le pregunté, aunque, tal y como acabo de describirlo, saltaba a la vista que no estaba haciendo nada, pero era una manera de averiguar si era un buen momento para interrogarlo.

—Aburrirme —contestó.

Se quejaba todo el tiempo de la inactividad a la que lo había relegado el ictus. Aunque se había recuperado casi del todo, prácticamente sin secuelas, había perdido su autonomía, su independencia, ya no podía manejar su coche, se movía con lentitud, seguía negándose, necio, a usar bastón o andadera. Sin embargo, estaba bastante bien de salud, era muy probable que viviera todavía varios años —como su padre, que había muerto a los ciento uno—, ya había sobrevivido a cuatro de sus hermanos fallecidos en los últimos tiempos, tres de ellos menores que él.

Me senté en el borde de la cama con una taza de café con leche a la que le iba dando sorbitos.

—*Escucha* —dije.

Ya se me estaba pegando esa manera de introducir asuntos serios.

—¿Te acuerdas cuando Uriel trajo un coyote y decía que era un perro?

Mi papá se rió con ganas. La mano se había desviado a la nariz, donde un dedo escarbaba.

—¿Quién era el tipo que se lo vendió? —le pregunté.

El semblante de mi papá cambió ligeramente; se había predispuesto a recapitular una anécdota chistosa, pero yo la estaba encaminando hacia la parte sombría.

—No me acuerdo —contestó—, creo que era un trabajador del papá de Everardo.

O sea, no se acordaba, pero sí se acordaba. Era una manera de hablar muy común en el pueblo, servía para quitarle importancia no solo a lo dicho, sino, principalmente, a la necesidad de saberlo, desacreditaba la pregunta.

—¿Un albañil? —insistí.

—No —dijo—, de otro de sus negocios, no me acuerdo bien.

Fingí concentrarme en el café con leche, pensativo. Quería darle tiempo a mi papá, ver cómo iba reaccionando, descubrir si de verdad era algo de lo que no se acordaba, si seguía pensando que no tenía por qué darme explicaciones o si creía que no valía la pena, que no importaba, para qué, qué necesidad de remover el pasado.

—Era un calilla —dijo—. El papá de Everardo —especificó.

—¿Un qué? —repliqué.

—Era mala persona —simplificó.

—¿Y por qué le encargaste a él la construcción de la casa? —dije, desviando la conversación, porque era algo que siempre me había intrigado.

Me imaginé que iba a decirme que por mi mamá, esa era la conclusión a la que yo había llegado, que mi mamá habría convencido a mi papá de darle el trabajo al marido de su mejor amiga.

—No había de otra —dijo—, él era el que estaba fraccionando todo el cerro.

—Pero ¿el terreno no te lo había dado mi abuelo? —le pregunté.

—Sí, pero había un problema con las escrituras. Además, se ofreció a terminar la casa en cuatro meses.

¡Cuatro meses! Cuatro meses de construcción para una casa para toda la vida. Eso yo no lo sabía. Pero la historia estaba mal contada: ¿por qué las prisas? Por mucho que nos hubiéramos tenido que ir de la casa del centro sin mucho margen de maniobra, ¿por qué no habíamos rentado otra casa por mientras construían la nueva a un ritmo razonable? Se lo pregunté a mi papá.

—Tú estabas muy chiquito —me respondió—, por eso no te acuerdas.

Guardé silencio, como diciendo que, si yo no podía acordarme, pues entonces me lo contara. Sin embargo, no añadió nada.

–Me acuerdo de que el dueño de la casa del centro te la pidió para dársela a una hija que iba a casarse,
¿no? –le dije, dándole un empujoncito, ya fuera a su
memoria o a su voluntad.

Mi papá sonrió de manera extraña.

–Yo tenía muchas deudas de cuando volvimos de
Guadalajara. Me atrasé con la renta, debíamos muchísimo dinero, por eso nos fuimos.

–Nos fueron –lo corregí, en tono jocoso, para
quitarle gravedad a la revelación del secreto.

–Pues sí –confirmó mi papá, sonriendo.

De pronto me sentí ligerísimo, casi flotaba: me
hubiera encantado saber esto antes, haber estado al
tanto de las dificultades de mi papá, sus errores, debi-
lidades o negligencias, habría sido muy liberador.

–¿Y de dónde sacaste el dinero para construir la
casa? –dije.

Fue decirlo y saber al mismo tiempo la respuesta. Mi papá tampoco creyó necesario subrayar lo evidente.

–Se la estuve pagando veinte años –dijo–, a unos
intereses de usurero. Quise demandarlo, pero me dijeron que era inútil, que yo había firmado el contrato.
Era un ladrón. No hay nada peor que tomar decisio-
nes cuando andas urgido –sentenció.

Asentí, rebotando contra el techo, como un globo
de helio.

–El que le vendió el coyote a tu hermano trabajaba manejando una de las pipas de agua –siguió mi papá, desatando ya por completo el manojo de los secretos–. Yo lo conocía, a veces le tocaba venir a surtirnos. Se apellida Gutiérrez, pero no es de los de la ferretería, es de otros, creo que son de la Sauceda, ahí lo debe haber conocido el papá de Everardo.

¡Lo sabía!, eso confirmaba mis sospechas: el negocio del agua –la mafia de las pipas, como le decía mi papá en aquella época– era del papá de Everardo; se trataba de un negocio redondo, considerando que él había fraccionado los terrenos sin agua y luego nos la había estado vendiendo –por si fuera poco, robada de la presa de la Sauceda.

–Al parecer lo habían acusado de quedarse con un dinero –continuó mi papá–, en aquel entonces todo se pagaba en efectivo. Solo querían meterle un susto, si no se lo hubieran ajusticiado. Yo no quise averiguar más. Le curé las heridas ahí mismo, en la casa abandonada, le di antibióticos y analgésicos, recuperé el dinero y la medicina que tu hermano le había dado y me desentendí del asunto. Se lo llevaron detenido porque estaba armado, traía un cuerno de chivo.

–¿Y has vuelto a saber de él?

–Por ahí anda, hace no mucho le pintó la casa a tu hermano.

No hacía falta especificar que se refería a Uriel, que era el único que seguía viviendo en Lagos; la comunicación familiar siempre abusaba del sobreentendido. Me quedé pensando en que era extraño que Uriel no hubiera dicho nada de eso el otro día, ¿por qué lo habría ocultado?, pero mi papá interrumpió el flujo de mis sospechas.

—¿Tú le hiciste algo? —me preguntó.

—¿A quién? —le contesté, porque me había distraído.

—A Everardo.

—Cómo crees, se murió de un ataque al corazón.

—Hay medicamentos capaces de provocar un infarto fulminante.

—¿En serio me crees capaz de hacer algo así? —le pregunté, entre extrañado, divertido e indignado.

—¿Te acuerdas de lo que yo te decía cuando estabas chiquito? —contestó—, ¿cuando Everardo te molestaba y no querías ir a la escuela y llorabas y llorabas?

Por supuesto que me acordaba.

—Que le pegara —dije.

Tocaron el timbre. Desde el segundo piso bajó el grito de mi hermana, buscándome.

—¡¿Abres, por. favor?! ¡Estamos ocupadas!

Me levanté. Vi a mi papá tantear a su alrededor buscando el control de la tele. Pasé a dejar la taza vacía a la cocina y fui a abrir la puerta.

—¿Qué onda? —dijo Sebastián, mi excuñado—, vine por la lana.

Se veía más calvo, más barrigón, más colorado y más abotargado que en el velorio. Obviamente no se había deteriorado tanto en dos días, ni lucía peor por estarlo contemplando a la luz natural del día; con toda seguridad, era por la manera en que yo lo miraba: ¡qué antipático que insistiera en cobrarme en mis actuales circunstancias, con mi mamá enferma y la cuenta bancaria vacía!

Le expliqué que no tenía efectivo y entonces sí hizo lo que no se había atrevido a hacer en el velorio: se ofreció a llevarme al cajero.

Salí a la calle, cerré tras de mí la puerta. Lo tomé del antebrazo y me alejé un poco de la casa, como si mis papás, en vez de ser unos ancianos medio sordos, tuvieran superpoderes. Pero toda precaución era poca. No quería preocuparlos. Y tampoco quería que se diera cuenta mi hermana.

–Necesito que me aguantes un poco –empecé a decirle.

El Nene apareció dando la vuelta a la esquina y gritó su frase imperecedera:

–¡Dile a tu mamá que ahorita paso por la basura, el camión ya viene bajando!

Levanté el pulgar de la mano derecha para que nos dejara en paz; si no recibía confirmación del recado era capaz de volver a gritarlo las veces que fuera necesario.

–Oye –se me anticipó Sebastián–, ya sé que tienes problemas de dinero, lo siento, en serio, pero yo necesito la lana. Estoy hasta la madre de esto. Pinche gente muy buena para tragar, para empedarse, pero cuando llega la cuenta cómo les gusta hacerse pendejos. Yo tengo un negocio, no una obra de caridad.

El aliento le olía fuertísimo. A cigarro. Al alcohol de anoche. A lo que fuera que hubiera desayunado con mucha cebolla. Estaba tan crudo que me pareció que, sin darse cuenta, había cometido una indiscreción que lo delataba, porque ¿de dónde había sacado que yo tenía problemas de dinero si no fuera porque estaba involucrado, de alguna manera, en la clonación de mi cuenta bancaria?

De pronto todo me resultó tan obvio que hasta me avergoncé de ser tan inocente. Repasé fugazmente lo sucedido y fue como asistir a una obra de teatro: la invitación de Everardo, el encuentro supuestamente casual con Berta y Leticia, etcétera. Lo que más me ofendía era que, encima de vaciarme la cuenta bancaria, todavía quisiera cobrarme el consumo de aquella madrugada.

—Aquí todo el mundo se entera de todo, especialmente de los asuntos de dinero —dijo Sebastián, como si me estuviera leyendo el pensamiento y recurriera a una coartada antropológica.

Era una coartada que se basaba en hechos reales, pero que, en este caso, seguramente era mentira.

No me preocupé en ocultar mi indignación.

—La pinche cuenta la tendría que haber pagado Everardo —le solté—. ¿Tú te crees que estoy pendejo? El otro día te dije, en buena onda, que yo te pagaba. Pero ¿sabes qué? Ya cambié de opinión. Que te pague su pinche madre. O tu hermana y su amiguita, que bien que se chingaron sus chelas y sus tequilas a nuestra cuenta.

Le di la espalda, ignorando sus reclamaciones. Me metí a la casa.

Volvió a tocar el timbre, pero yo les dije a mis papás y a mi hermana que no abrieran, que era un pobre tipo que andaba pidiendo dinero –en estricto sentido, no era mentira–. El problema fue que tampoco le abrimos al Nene y nos quedamos con la basura en los botes del patio, la peste entrando por las ventanas, los desechos orgánicos que seguían su proceso de putrefacción, como el cuerpo de Everardo.

Hay un dicho que asegura que la tercera es la vencida, y aunque no le abriéramos la puerta ni a Sebastián ni al Nene, a quien sí se la abrimos fue a la policía. Eran dos cincuentones, gordos, morenos, de poco pelo, rostro abotargado característico de la ingesta excesiva de alcohol, uno de ellos vestido un poco menos desastrado que el otro –jefe y subordinado–. Les pedí disculpas por no ofrecerles entrar a la casa, pero mis papás estaban indispuestos –era mentira–. Tampoco quería quedarme en la calle a la vista de los vecinos, así que los hice pasar al patio. En lo que entrábamos, les pregunté si era normal que trabajaran en domingo, y el subordinado me contestó una frase tópica, que la ley no descansaba o algo por el estilo, como si en lugar de estar en México –donde la ley no solo descansaba, sino que entraba en largos periodos de hibernación– estuviéramos en una película.

El que se puso a interrogarme fue el jefe, el otro iba anotando lo que yo decía en una libretita. Me pidió que le explicara mi relación con el occiso –así llamó todo el tiempo a Everardo.

Me había estado preparando para este momento desde que salí corriendo a Guadalajara, había previsto cada pregunta y mis posibles respuestas, aquellas que no dejarían lugar a dudas de mi inocencia, pero ellos, en lugar de interrogarme sobre lo sucedido, qué había hecho yo y dónde había estado la madrugada del fallecimiento de Everardo, se pusieron a hablar de dinero. Querían saber si Everardo me había contado algo o si yo tenía información sobre su situación financiera.

–Dicen que desde hace años los negocios le iban de la chingada –respondí.

–¿Quién dice? –preguntó el otro, el subordinado.

–La gente –dije–, él también me lo contó, me explicó que era por culpa de internet, que ya nadie iba a la agencia a comprar boletos de avión o a hacer reservaciones de hoteles.

–¿Usted sabe si el occiso tenía deudas? –me preguntó el jefe.

–Le debía dinero a todo el mundo –contesté.

–Pero ¿alguien que lo tuviera amenazado o con quien se hubiera peleado por dinero? –insistió.

Me acordé de sus deudas de drogas, pero, la verdad, me costaba creer que le hubieran hecho algo por dos mil pesos. Y, aunque lo creyera, ni loco se los hubiera contado.

Había que aceptar que, considerando que yo le había pegado y que él me había vaciado la cuenta bancaria, yo era el sospechoso perfecto. Por eso Rolando me había aconsejado que no mezclara las cosas; la denuncia por el fraude de mi cuenta bancaria la levantaríamos en Guadalajara y no mencionaríamos a Everardo. De cualquier manera, sería el banco el que me devolvería el dinero, en caso de que consiguiéramos demostrar que el desfalco se había producido por la vulnerabilidad de su tecnología.

—No me consta —respondí—. Pero nosotros no manteníamos contacto, hacía mucho tiempo que no nos veíamos.

El jefe inspeccionó con la vista el patio, las macetas con plantas, la higuera seca, el rincón donde habíamos ido acumulando tiliches. El otro no despegaba la vista de la libretita.

—¿Por qué huyó? —me preguntó entonces el jefe.

—No hui, fue una emergencia médica —contesté.

—Una radiografía no es una urgencia —dijo el subordinado.

—No era una radiografía, era una resonancia —aclaré.

—Da igual —replicó el subordinado.

—Hay testigos que aseguran que ustedes se pelearon —dijo el jefe.

—Estábamos bastante borrachos —respondí—, discutimos por cosas del pasado, pero no nos peleamos, fui yo el que le di un puñetazo, luego nos separaron y yo me vine a casa de mis papás.

—¿Qué es ese olor? —dijo el subordinado.

La peste de la basura era bastante fuerte, el día anterior, mientras mi mamá y yo estábamos en Guadalajara, mi hermana y mi papá habían comido pescado. El subordinado desconfió de mi respuesta, como si se le hubiera olvidado que Everardo ya estaba enterrado y no estaba desaparecido, o como si creyera que yo era un asesino en serie que ocultaba otro cadáver en casa.

–¿Me permite? –preguntó.

–¿Qué? –repliqué.

–Inspeccionar el patio –respondió.

El jefe le ordenó, tajantemente, que se dejara de tonterías, pero yo le insistí que sí, que claro, por supuesto, que estaba en su casa.

–La madre del occiso está solicitando que le hagan la autopsia –me informó entonces el jefe, mientras el otro removía nuestros desechos.

Me hubiera gustado preguntarle por qué, para qué, si acaso era posible equivocarse al diagnosticar los motivos del fallecimiento, pero no quise parecer asustado.

–Por lo visto, el patólogo que recibió el cuerpo en la morgue estaba borracho –me explicó.

Asentí en silencio. Tragué saliva, aunque mi garganta estaba seca de pronto.

–Pero para desenterrar el cuerpo lo tiene que autorizar un juez –dijo el jefe.

Supuse que quería explicarme que realizar una exhumación no era tan sencillo, que la justicia no respondía a los caprichos de los familiares. Si estuviera de mi parte –no lo estaba–, eso habría equivalido a decirme que no me preocupara, que podía contar con

160

la ineficiencia de la burocracia para salirme con la mía.

El subordinado volvió del fondo del patio oliéndose las manos.

—¿Todo en orden? —le preguntó el jefe, sonriendo con arrogancia.

El otro movió la cabeza para decir que sí. En el centro del patio, la higuera atestiguaba el interrogatorio.

—¿Hay una llave por aquí para lavarme las manos? —preguntó.

—No hay agua —le contesté, aunque sí había.

—¿Siguen con problemas de abastecimiento? —dijo el jefe.

—Aquí nunca ha habido agua —le respondí.

El subordinado tuvo que conformarse con limpiarse las manos en el pantalón.

—Lo mejor será que no se mueva hasta que se aclare del todo el asunto —me aconsejó el jefe.

—Yo vivo en el extranjero —contesté.

—Por eso se lo estoy diciendo. No se vaya, ¿o quiere que pensemos que está escondiendo algo?

Se despidieron tras tomarme los datos, tanto los locales como los del extranjero. Los vigilé mientras se subían a la patrulla y no me metí de vuelta a la casa hasta que estuve seguro de que se habían ido. En la sala, me estaba esperando mi hermana.

—¿Te fue bien? —me preguntó, como si se hubiera tratado de un examen, y quizá, pensándolo bien, lo había sido.

–Solo querían saber si Everardo me había contado algo sobre sus deudas, si tenía enemigos –le dije.

–¿Y qué les dijiste?

–Nada.

Me miró con desconfianza, no porque sospechara de mi posible implicación en la muerte de Everardo, sino de mi habilidad para lidiar con la policía.

–Oye, mi tío habló con mi papá para decirle no sé qué del coche –dijo–. Que luego te busca.

Lo que me faltaba.

–¿Pedimos un pollo rostizado para la comida? –me preguntó.

En casa de mis papás era tradición que los domingos nadie cocinara.

–Yo hago la comida –le contesté–. Ando medio mal de la panza, ya sabes, por andar comiendo fuera –mentí, para no pasar el bochorno de pedirles a ellos que pagaran el pollo.

Me dejó solo en la sala y yo me dediqué a lo importante: tendí la ropa de la lavadora, puse otra con sábanas, barrí y pasé un trapo por las superficies de la casa, y con las cosas que encontré en el refrigerador y la alacena preparé una receta ligeramente inspirada en la comida del país extranjero en el que yo vivía; al servirla, hice mucho énfasis en que era un platillo que le encantaba a mis hijos, una estrategia para que la alteración de la costumbre –haber cocinado en lugar de haber pedido la comida a domicilio– adquiriera el carácter de especial y no de extraño. Después de comer hicimos la siesta, tomamos café, mi cuñada vino para que sus tres hijas pasaran un rato con sus abuelos –y para que Uriel pudiera terminar el sonido de una película–, jugué con mis sobrinas, sobre todo con la mediana, mi favorita, la que me había puesto el apodo de *tío fantasma*, el tío que aparecía y desaparecía, aparecía y desaparecía, aparecía y desaparecía.

Uriel vino por la noche a visitar a mis papás. Estuvo un rato hablando con ellos en su cuarto, explicándoles un problema que habían tenido al poner los cimientos de su estudio de grabación; yo alcanzaba a oír parte de la conversación desde la cocina, donde estaba lavando los trastes acumulados durante el día. Luego de un rato lo escuché despedirse con la promesa de volver pronto.

–¿Ya cenaste? –me preguntó desde el umbral de la cocina.

Le dije que no.

–Vamos a los tacos –me propuso.

–No traigo nada de lana –le contesté–, me quedé sin efectivo.

–Yo te invito.

Dudé si debía ir, dejar a mi hermana sola, cuando se suponía que yo había venido para lo contrario, para liberarla a ella del cuidado de mis papás. Pero mi hermana apareció en la cocina y nos dijo que fuéramos, que a ella le daba flojera salir, que le trajéramos tacos porque no quería cenar quesadillas, cereal, huevo, sobras de la comida, que no iba a pasar nada en media hora.

–Pero ¿no te dolía la barriga? –me preguntó mi hermana.

Ah, era verdad, se me había olvidado la excusa que había puesto para no pedir el pollo rostizado.

–Ya se me pasó –le dije.

Se rió porque pensó que yo, aprovechando que estaba en México, con tal de comer tacos, estaba dispuesto hasta a perforarme el duodeno.

Salimos al fresco del otoño: un cielo sin nubes, luna llena, viento frío. Un perro callejero se aproximó a ver si le tirábamos algo de comida, mi hermano lo espantó con un ademán de repudio, abanicando el brazo, pero al menos tuvo la delicadeza de hablarle de usted.

–¡Sáquese, sáquese!

Nos subimos a su coche.

Bajamos del cerro rumbo al boulevard mientras Uriel me preguntaba cómo estaban mi esposa y mis hijos. Le dije que bien, y volví a repetirle lo que solía explicarles a mis hermanos sobre mi vida en el extranjero: que allá las cosas eran muy tranquilas, la rutina era muy sencilla, muy cómoda, que nunca pasaba nada. Luego se puso a contarme lo mismo que les había explicado a mis papás, el problema de los cimientos del estudio de grabación, el descubrimiento del tipo de suelo, arenoso, sus complicaciones, un resumen de plazos cumplidos e incumplidos, trámites, promesas, contratos.

—¿Adónde vamos? —dije al darme cuenta de que se había pasado de largo la taquería a la que solíamos ir, sobre el boulevard.

—No mames —me dijo—, esos tacos ya están malísimos. Te voy a llevar a unos que están muy chidos.

Mencioné otras dos, tres, cuatro opciones, intentando adivinar adónde nos dirigíamos, pero ninguna le pareció digna: unos tacos le habían provocado diarrea, otros gastritis, por el exceso de grasa, con uno de los taqueros más antiguos del pueblo se había peleado y a la última taquería que le sugerí ya no iba porque, según él, ahí iba a cenar puro malandro.

Salió del boulevard a la derecha, antes de la desviación de la carretera a Aguascalientes, rumbo al barrio del panteón. Era una zona caliente, de narcomenudeo, hasta yo lo sabía y se lo dije.

—Nah —contestó—, está tranqui. Bueno —se corrigió—, está igual que todo Lagos.

Bordeamos el panteón. Allá adentro, en una tumba de su familia, acompañado por sus abuelos y su papá, reposaba Everardo. Nos metimos por una callecita y luego, en la esquina, al dar vuelta, apareció el puesto de tacos: había unos banquitos de plástico para sentarse y estaba bastante concurrido.

—Vamos a otro lugar —le pedí, incómodo por la proximidad del cementerio—, está aperradísimo.

—Nos los traen al coche —dijo, estacionándose—, neta están poca madre.

Me preguntó de qué se me antojaban luego de explicarme cuáles eran los más ricos. Se ofreció a ir solo a hacer el pedido, aparentemente actuando como un buen anfitrión, aunque no descarté que quisiera evitar que nos encontráramos con alguien. Acepté y me quedé en el coche esperándolo.

–Ahorita los traen –me dijo al meterse de vuelta al auto.

Miré a la distancia el trajinar del taquero, su ayudante y un muchachito que cobraba y servía los refrescos. Eran un mecanismo de coordinación perfecto, la rutina como base de la eficiencia.

–Oye –dijo entonces mi hermano.

–¿Qué pasó? –le contesté.

Ya me había imaginado que la invitación a los tacos tendría otras intenciones, que mi hermano había querido sacarme de casa para hablar conmigo a solas.

–El otro día que me preguntaste por lo del coyote –dijo.

–Ayer –lo corregí, porque había sido el día anterior.

–Ese güey todavía anda por ahí –replicó, ignorando mi precisión sobre la fecha.

–¿El que te vendió el coyote?

–Ajá –respondió–. Eso querías saber, ¿no?

Me quité el cinturón de seguridad, que había olvidado desabrocharme, y arrastré el trasero para girar mi torso y poder mirarlo de frente. Él permaneció vigilando el puesto de tacos a través del parabrisas.

–¿Y qué pedo? –le pregunté.

–Shhhh –dijo–, espera.

166

El muchachito que ayudaba al taquero se iba acercando con los refrescos; nos los entregó y prometió volver pronto con los tacos.

–Una disculpa –añadió–, hay mucha gente –como si nosotros no fuéramos capaces de percibirlo. Nunca dejaba de fascinarme esa manera de usar el lenguaje, siempre para reiterar lo evidente y nunca para revelar cualquier cosa que no tuviéramos delante de las narices. Le dimos un trago al refresco y posicionamos la botella, helada, entre las piernas.

–Me lo volví a encontrar de casualidad –dijo, por fin, cuando el muchachito se alejó–. Bueno, de casualidad no, Lagos ha crecido mucho, pero para esas cosas sigue siendo un pueblo.

–¿Dónde te lo encontraste? –le pregunté, porque se había distraído un momento respondiendo un mensaje en el teléfono.

–Pues por ahí –dijo–, varias veces. Una vez contratamos a un güey para que nos pintara la casa y apareció con él, era uno de los chalanes; otra vez me lo recomendaron para un pedo que teníamos con la instalación eléctrica. Hace chambitas, pues. La última vez que me lo topé fue cuando estábamos contratando un velador para el terreno del estudio, necesitábamos a alguien que se quedara vigilando en las noches, porque si no nos chingaban el material de construcción. Nos dijo que tenía experiencia, ya había trabajado como vigilante en varias obras, también aquí en el panteón, donde le ayuda a un compadre que es el responsable de la seguridad.

–¿De la seguridad de los muertos? –le pregunté, medio en broma, medio con respeto.

–De las tumbas –dijo, ignorando el chiste–, hubo unos casos medio macabros. Vandalizaron unas tumbas, las grafitearon, hubo fiestas en el panteón, fue un escándalo. Luego la gente ya andaba inventando que habían desenterrado cadáveres, que los vendían para rituales satánicos, canibalismo, no sé cuántas madres, ¿no te enteraste?

Sí, me había enterado por las redes sociales. Le dije que, según lo que yo sabía, había sido cosa del narco.

–Eran puras mamadas, la gente ve muchas películas.

La verdad, yo había leído al menos un reportaje con bastantes evidencias que confirmaban los hechos; varios periodistas habían documentado que sí existía un tráfico de cuerpos para rituales del crimen organizado, pero entendía perfectamente que mi hermano lo negara, aceptar algo así supondría anular la posibilidad de seguir viviendo en el pueblo.

–¿Y lo contrataron? –le pregunté.

–No, al final preferimos que se encargara una empresa de seguridad, es mucha responsabilidad y además no tenemos permiso de portación de armas. Al principio sí pusimos a un velador, pero un día que nos robaron lo amenazaron con una fusca y salió corriendo.

En ese momento, trajeron los tacos. El interior del coche se llenó del aroma a cebolla y cilantro, del vapor de la lengua y la tripa.

–Llégale, si no se enfrían –dijo mi hermano.

La verdad, los tacos estaban grasientos, la tortilla era de nixtamal industrializado y la carne estaba insípida, el sabor no correspondía a la denominación, podía ser cualquier cosa.

—Están buenísimos, ¿no? —me preguntó Uriel en una pausa entre un taco y otro.

—Sí —mentí.

—No sé cómo puedes vivir sin esto —dijo.

Se refería a los tacos, pero también al hecho de estarlos comiendo de manera improvisada, espontánea, en su coche, un día cualquiera y no en ocasiones especiales, como hacía yo en la ciudad del extranjero en la que vivía.

—Te acabas acostumbrando —le contesté.

—No mames, eso no es vida.

Comimos en silencio; cuando terminamos, mi hermano se llevó los platos de vuelta al puesto, lo vi pagar, volver al auto, encenderlo.

—Los tacos de mi hermana —le dije antes de que arrancara.

—Ahorita venimos —respondió—, si no se le enfrían. Te quiero enseñar una cosa.

Hizo el camino inverso, de vuelta al muro del panteón. Se estacionó en una de las calles perpendiculares. El cuerpo de Everardo emanaba sus vibraciones tóxicas, la tierra que lo sepultaba no era capaz de contener su pestilencia.

—Vente —me ordenó, y se bajó del coche sin darme tiempo a que dijera nada.

Caminó hacia la entrada del cementerio, rápido,

como si tuviera prisa, aunque me pareció que pretendía evitar que nadie nos descubriera. La calle estaba desierta. Yo lo seguía unos pasos por detrás, indeciso, asustado, extrañado, ¿adónde me llevaba mi hermano? La penumbra de las calles aledañas al panteón, principal motivo por el que se había convertido en zona de narcomenudeo, le daba a todo un aire de irrealidad, de pesadilla.

Llegamos a la puerta: la reja estaba entornada. Mi hermano la empujó y entró, sin esperarme, dando por hecho que lo seguiría. Una vez que estuvimos dentro, a salvo de las miradas hipotéticas de transeúntes o automovilistas, se detuvo y me apretó el hombro de manera fraternal.

–Te lo presento –dijo.

–¿A quién? –le pregunté.

–¿Cómo a quién?, pues ¿no querías conocerlo?

Caminamos rumbo a unas ventanas iluminadas, las de la caseta del vigilante. Había unas farolas de alumbrado público situadas en las esquinas de los senderos del cementerio, pero la luz era naranja, mate, una luz que estaba más cerca de producir oscuridad que de iluminar las tinieblas.

Antes de que llegáramos a la caseta, la puerta se abrió.

–¡Buenas! –gritó mi hermano.

–Buenas noches –contestó el hombre que salió con una linterna, apagada, en la mano izquierda.

Nos seguimos aproximando, el hombre nos interceptó a medio camino.

—¿Qué onda, Guti? —dijo mi hermano—, mira, este es mi carnal.

El hombre, Guti, Gutiérrez, me estrechó la mano. Debía tener sesenta años, máximo setenta. Se le veía fuerte y cansado, era robusto, un poco pasado de peso, muy moreno, sin una sola cana en el cabello y el rostro abotargado que delataba el consumo asiduo de alcohol.

—¿Eres el médico? —me preguntó.

—No —le contesté—, ese es mi hermano mayor.

—Vive fuera desde hace mucho —intervino Uriel—, por eso no lo ubicas.

—¿Dónde vives? —quiso saber el Guti.

Le dije que en el extranjero.

—Ah, con razón —sentenció.

Se pusieron a hablar de la empresa de seguridad que había contratado mi hermano. De que no les había quedado de otra, porque en unas semanas instalarían el equipo de grabación y no podían arriesgarse. De la vez que les robaron cemento y varilla. Se rieron del velador, porque aparentemente se había orinado del susto. El tipo nos ofreció una cerveza. Mi hermano le dijo que no, que solo habíamos pasado a saludar, que ya nos íbamos.

—Le encargo a mi hermano —le dijo.

—Lo que se les ofrezca aquí ando —contestó, mirándome con servilismo.

Volvimos a estrecharnos las manos e hicimos el camino de vuelta al coche más apresurados todavía, como si estuviéramos huyendo del fantasma de Everardo.

—¿Qué fue eso? —le pregunté a mi hermano cuando estuvimos dentro del auto.

—¿No querías conocerlo? —me preguntó.

—¿Cómo?

Encendió el coche y salió rápido, por una calle lateral que desembocaba en el boulevard.

—Los tacos de mi hermana —le dije.

—A ella le gustan otros, ahorita pasamos. Ponte el cinturón.

Me abroché el cinturón de seguridad.

—Te paso su celular —me dijo mi hermano.

—¿Para qué? —le pregunté.

—A ver, cabrón, ¿por qué chingados me preguntaste por él el otro día?

—Ayer —volví a rectificar.

—Cuando sea.

Le expliqué que lo único que quería era saber lo que había pasado, entender bien el papel que había jugado la familia de Everardo —su papá, su mamá, Everardo mismo— en nuestra vida.

—¿En serio? —me preguntó.

Me quedé callado. No quería intervenir, interferir en el rumbo de la conversación que, la verdad, no tenía la más mínima idea de hacia dónde se encaminaba.

—Yo pensé que me habías preguntado por él porque sabías que trabajaba en el panteón y que yo lo conocía —dijo.

Me pareció un razonamiento de lo más retorcido. ¿Cómo iba yo a saber que ese tipo trabajaba en el panteón y que mi hermano lo conocía? Y, si hubiera sido así, ¿por qué no se lo habría preguntado directamente?

Fue disminuyendo la velocidad para orillarse a la lateral del boulevard: la taquería donde solíamos cenar toda la vida estaba unos metros más adelante.

—Yo te paso el teléfono, no está de más —dijo mi hermano.

—Oye —le dije, serio—, de veras no te estoy entendiendo.

—Yo nomás te digo que si le hacen la autopsia a Everardo valiste madres. No van a desenterrar el cuerpo para nada.

—Hombre, el forense no se va a inventar la causa de la muerte —le contesté.

En el fondo, yo sabía que tenía razón. No necesitarían inventar nada, bastaría con que dijeran que el resultado de la autopsia no era concluyente, que había indicios que no podían confirmarse, o que todo indicaba que había sido una muerte natural pero que no podía descartarse del todo que no lo hubiera sido, algo por el estilo, ambiguo, abierto a interpretaciones, fecundo a las habladurías. Sería el escenario perfecto para que el forense se lavara las manos y todos contentos, vía libre a las especulaciones.

—Hazme caso —insistió mi hermano—, neta, tú ya no sabes cómo son las cosas aquí, no tienes ni idea de las mamadas que hacen los jueces. Mantente en contacto con él, que te avise si exhuman el cuerpo.

—¿Y luego? —pregunté—, si le hacen la autopsia, ¿qué quieres que haga?

–No sé tú –me dijo–, pero yo me iba en chinga. Además, tú vives fuera, tienes a donde irte, tampoco es que estuvieras huyendo.

Así estaban las cosas: mi hermano menor, el pequeñito, era el que tenía que cuidarme.

–Gracias –le dije–. ¿Por qué no me dijiste nada el otro día? –le pregunté–. Ayer –me corregí yo mismo.

–No sé, pensé que era mejor que mis hermanos no supieran nada; ese tipo de cosas entre menos gente sepa, mejor.

Se estacionó frente a la taquería, que estaba semivacía.

–*Escucha* –dijo entonces Uriel.

Tragué saliva en seco.

–Te toca bajarte por los tacos de mi hermana.

Le recordé que no traía dinero.

–Uf, yo ya solo traigo veinte pesos –me dijo–, pero creo que aceptan tarjeta.

Agarré los veinte pesos antes de que los guardara. Me bajé del coche. Solo me alcanzó para dos tacos, pero llené un recipiente de cebolla frita, que le encantaba a mi hermana.

Los tacos me cayeron mal y me costó conciliar el sueño. Les envié unos mensajes a mi esposa y a mis hijos para que los leyeran al despertar, deseándoles que tuvieran una buena semana y diciéndoles que los extrañaba, que me gustaría estar allá, con ellos, y no mentía: qué fácil era mi vida real, qué cómoda, tan carente de conflictos, tan nueva, con un pasado apacible no muy largo.

Más que la acidez provocada por la grasa de la tripa, por las tortillas calentadas en la plancha aceitosa del puesto de tacos, lo que no me dejaba dormir era el remordimiento: ¿de verdad iba a traicionar a Rolando, al único amigo que me quedaba de la infancia? Revisaba una y otra vez las fotos del acta notarial, la cantidad consignada de la valuación, dos millones y medio de pesos, el diez por ciento alcanzaría para cubrir el costo del tratamiento de mi mamá, y yo trataba de tranquilizarme repitiéndome que en cuanto el banco restituyera el dinero en mi cuenta bancaria yo le pagaría a Rolando; sin embargo, mi conciencia no me daba tregua, me obligaba a aceptar la verdad: que si me atrevía a manipular el acta para incluir la firma de Daniela, si le enviaba el documento a Rolando como garantía, eso no iba a ser un préstamo, sería un fraude, un robo.

Apenas estaba consiguiendo adormilarme, rendido por la culpa de una decisión que ni siquiera había tomado todavía –que se me hubiera ocurrido y la estuviera considerando era suficiente para hacerme sentir culpable–, cuando sonó la alarma que les habíamos dado a mis papás para pedir ayuda en caso de emergencia. Eran las dos en punto de la madrugada. La apagué y, con un agujero en la barriga, bajé saltando de dos en dos los escalones rumbo al primer piso. Me imaginaba a mi mamá desparramada en el suelo de su cuarto o del baño, extrañado de que hubiera sufrido

175

el accidente justo a la hora en punto, pero me la encontré sentada en el sofá de la sala.

–Fui yo –me dijo en cuanto me tuvo al alcance de su voz baja–, necesito hablar contigo a solas.

–¿Ahora? Ay, mamá, ¡qué susto me metiste!

Había encendido una de las lámparas de las mesitas laterales, pero no la más cercana al lugar en el que estaba sentada, de manera que su silueta emergía de la oscuridad con timidez, como si no quisiera molestar, como si pidiera permiso. Conforme me iba aproximando, otra vez creí escuchar que la casa rechinaba bajo mis pasos, el lamento de los cimientos, su cansancio.

–Se me fue el sueño –replicó–. Además, si no es ahora, ¿cuándo?, tu papá y tu hermana andan atrás de mí todo el santo día.

Me eché en el sillón de al lado, y su rostro solemne, preocupado, de conversación importante, reactivó mi estado de alerta.

–Espera –le pedí.

Fui al lavabo a enjuagarme la cara. En la cocina, bebí un vaso de agua y, ya puestos, saqué una cerveza del refrigerador; fue un impulso, y aunque empeoraría la gastritis, supuse que me ayudaría a amortiguar el efecto de lo que mi mamá fuera a contarme.

–¿Vas a tomar ahora? –me preguntó cuando volví a sentarme en el sillón.

–Es tu culpa –bromeé–, yo ya estaba durmiendo.

Le di un trago a la botella.

–*Escucha* –dijo.

176

Quizá si me hubiera levantado y me hubiera marchado cada vez que alguien me había dicho *Escucha* en los últimos días, o si me hubiera adelantado y hubiera contestado *No escucho, no quiero, me niego,* no me encontraría en aquellas circunstancias. Pero a esas alturas ya resultaba más que evidente que esos días que iba a pasar en casa de mis papás no iban a ser solamente un intervalo, una pausa en mi vida real en el extranjero; por más que así lo hubiera previsto y planeado, por más que me hubiera mentalizado, por más que me esforzara, iba a ser imposible, ya estaba siendo imposible.

–No quiero que pagues el tratamiento –dijo mi mamá–, es mucho dinero.

Deposité la cerveza sobre la mesita de centro. Había interpretado mal el semblante de mi mamá: no era gravedad, era miedo. Miedo a la anestesia –mi mamá padecía múltiples alergias–, al dolor, a que algo saliera mal, a la rehabilitación, al tiempo que tendría que pasar recostada, sin moverse, sin poder ocuparse de mantener en pie la casa.

–Es un procedimiento muy sencillo –respondí–, no te va a doler, no hay ningún riesgo.

–No es por eso, es mucho dinero.

Me recliné hacia ella y le tendí mi mano derecha. Ella la tomó con una aprensión que podría proceder por igual de la culpa, la carencia o el miedo.

–Tú no te preocupes por eso –le dije.

–Cómo no me voy a preocupar, ese dinero debería ser para ustedes, para mis nietos, lo que importa son ellos.

Le solté la mano para recuperar la botella. Pensé en que no le habíamos pedido su opinión, simplemente habíamos decidido lo que era mejor para ella. Llegué a la conclusión de que eso estaba bien, teníamos razón.

–¿Cómo te fue con la policía? –me preguntó entonces.

Me empiné un largo trago de cerveza, que no descendió con naturalidad, se quedó medio atascado en el esófago, presagiando el reflujo. Por más que había intentado ocultarle la visita de la policía, mi mamá se las había ingeniado para enterarse, como siempre. Pero ¿cómo? ¿Nos había estado espiando? ¿Se lo había dicho mi hermana?

–Solo querían saber si Everardo me había contado algo de su situación financiera, si le debía dinero a alguien –le contesté, tratando de sonar despreocupado para quitarle importancia al asunto.

–¿Qué pasó el otro día, cuando lo viste?

–Nada –repliqué, sin pensarlo.

–Irene me llamó hace rato, cuando te fuiste a los tacos con tu hermano.

Volví a colocar la botella en la mesita. Tragué seco, a pesar del trago reciente de cerveza.

–Le entregaron las cosas de Everardo y revisó su teléfono. Dice que Everardo y tú se estuvieron mandando unos mensajes muy feos, que lo amenazaste de muerte.

–No es cierto –me defendí.

–¿Y esto? –dijo, mostrándome una imagen en su celular.

–Él me amenazó primero; además, él hablaba en serio y yo estaba bromeando.

Obviamente mi mamá no creía que yo le hubiera hecho algo a Everardo; lo que sí le preocupaba era que pareciera que lo pudiera haber hecho. Me quedé pensando en la hora a la que le había mandado la foto, muy probablemente para entonces Everardo ya había fallecido.

–¿A qué hora se murió Everardo? –le pregunté.

–No sé, en la madrugada, creo.

–¿Ves? Yo le mandé ese mensaje en la mañana.

Mi explicación no alteró gran cosa su semblante. Se había estado apretando las manos todo el rato, era su manera de pelar cacahuates.

–Everardo le vació las cuentas a su mamá, todo, le quitó todo el dinero –dijo entonces.

–¿Cómo?

–Todo –repitió–, hasta tuvo que pedir prestado para pagar el velorio y el funeral.

–Pero ¿cómo supieron que fue él? –contesté, como si quisiera defenderlo, aunque lo que pretendía era averiguar cómo se relacionaba ese desfalco con el mío.

–Porque él firmaba también en las cuentas, él era el que iba al banco, ya ves que Irene últimamente casi no sale de su casa.

–¿Falsificó su firma? –pregunté, quizá delatando en qué había estado pensando yo antes de que mi mamá me llamara.

–Irene cree que lo obligaron, que lo estaban extorsionando, chantajeando, ve tú a saber qué, dice que Everardo era incapaz de algo así, quiere que le hagan la autopsia porque se le metió en la cabeza que lo mataron.

Mi mamá se quedó un momento en silencio, dando tiempo a que yo asimilara la información, antes de cambiar de tema, de tiempo, de tono.

–Yo creía que te haría bien convivir con Everardo –dijo–. ¿Te acuerdas cuando te inscribimos al karate para que aprendieras a defenderte? ¿Cuánto duraste? ¿Una, dos clases?

Había sido un año entero, pero no importaba, porque la verdad era que después de las primeras clases yo le decía a mi mamá que iba al karate, salía de casa, bajaba al centro y me pasaba la hora dando vueltas por calles escondidas.

–Me hice muy cercana a Irene porque de veras me necesitaba –siguió mi mamá–. Ustedes estaban muy chiquitos, no se daban cuenta de nada, no saben lo que ella sufría, yo no podía abandonarla. Tu papá tampoco lo entendía, pero es que yo no podía contarle todo, eran cosas muy fuertes, y él tampoco me escuchaba, estaba muy enojado por todos los problemas que teníamos con la casa, el agua, las goteras, los cimientos.

—¿Los cimientos?

—Esta casa no se ha caído de puro milagro.

Presté atención al silencio de la casa, los crujidos habían desaparecido, aunque ahora sabía que quizá fueran reales y no un producto de mi imaginación.

—Pensé que te ibas a hacer fuerte —continuó mi mamá—, pero me equivoqué, lo siento, lo siento muchísimo.

—No pasa nada —respondí con tono condescendiente.

Era una frase que provenía de mi otra vida, la que pretendía haber dejado en pausa en el extranjero, así solía decir la gente allá para quitarles importancia a las cosas. Pero mi mamá pensaba distinto.

—Claro que pasa —dijo.

Se quedó un momento observando la silueta de la botella que sudaba sobre la mesita. Me dio la impresión de que, si bebiera, si alguna vez hubiera bebido —no lo hacía nunca porque se entumecía, le tenía una alergia extraña al alcohol—, en ese momento me hubiera robado un trago de cerveza.

—Siempre te vas corriendo, hijo —añadió.

—¿Qué?

—Te escapas, huyes.

—¿Cómo?

—Te repites, hijo, siempre lo mismo.

—No es cierto, mamá.

–¿Cómo que no? Mira qué lejos vives.

–Pero ahora estoy aquí, mamá, eso es lo que importa.

–Ya no sé ni quién eres.

–¿De qué estás hablando, mamá?

–Ya no te conozco, hijo, no sé cómo estás, qué haces, qué vida llevas.

–Porque no me preguntas, mamá.

–¿Lo ves? Siempre lo mismo, no te gusta enfrentar los problemas, les sacas la vuelta.

Me empiné lo que quedaba de cerveza. Me hubiera metido a la boca un millón de cacahuates, uno a uno, metódicamente, hasta sentirme más tranquilo.

–Es muy tarde –le dije a mi mamá–, me voy a dormir. ¿Quieres que te acompañe a tu cuarto?

Hizo que no con la cabeza.

–Escucha –dijo–, no le vayas a decir nada a tu papá, todas estas cosas lo ponen muy nervioso.

Le apreté el antebrazo. Subí la escalera.

¿Dónde estaría todo ese dinero, el mío y el de la mamá de Everardo? Me costaba creer cualquiera de las dos respuestas que se me ocurrían: que Everardo, sabiendo que iba a morirse, hubiera organizado la estafa y le dejara el dinero a sus múltiples exesposas e hijos, un altruismo que me parecía absolutamente incompatible con su personalidad; o que Everardo hubiera sido objeto de un fraude sofisticadísimo que afectaba a personas cercanas a él; el papel de víctima resultaba todavía más inverosímil.

Al entrar a mi habitación, revisé el teléfono: tenía

una serie de mensajes de mi esposa, allá eran más de las nueve de la mañana. Pensé que me estaría respondiendo de vuelta con los buenos deseos para el inicio de semana, pidiéndome que no me preocupara, confirmándome de nuevo que todo estaba bien allá, que no había pasado nada, pero no, esta vez me equivocaba.

Chingada.

Acababan de llamarla de la escuela de nuestros hijos para avisarle que el pago de la colegiatura, que se cargaba de manera automática en mi cuenta bancaria, había sido rechazado. El agujero en mi barriga que habían horadado la grasa de los tacos, la alarma en la madrugada, las palabras de mi mamá y la cerveza se ensanchó hasta alcanzar la coronilla y los dedos de mis pies.

Dudé en abrir la aplicación bancaria de mi cuenta en el extranjero. Rolando y su amigo me habían aconsejado no hacerlo, y hasta ese momento les había hecho caso. Pero ahora qué más daba, si lo más probable era que ya no hubiera remedio. Coloqué mi huella digital para acceder a la cuenta, corroboré lo que temía y descubrí algo más: no solo me habían vaciado la cuenta, sino que habían realizado compras con la tarjeta por el monto total del límite de crédito que tenía autorizado.

Mi esposa me avisó que ya había realizado la transferencia para pagar la colegiatura y que luego haríamos cuentas para que le repusiera el dinero. Aproveché la diferencia horaria para no responderle nada en ese momento, para ganar tiempo, ya le escribiría en la mañana para explicarle que era un error del banco.

Llamé de inmediato a mi sucursal bancaria y, en voz baja, bajísima, reporté el desfalco. Según el gerente, el fraude parecía bastante claro, tendría que poner una denuncia en la policía cuando volviera. Solía ser un proceso largo, demorado, varios meses, aunque me aseguró que casi siempre el banco reponía el dinero. Pasé el resto de la noche en la computadora, trabajando en el acta notarial.

A las seis de la mañana, bajé a la cocina, hice café, contemplé cómo se desperezaba la higuera, y le envié el documento a Rolando, con un mensaje aparentemente casual en el que le decía que aprovechaba estar despierto por el jet lag para mandárselo, y que si tenía alguna duda que me llamara. También le confirmaba algo que habíamos acordado antes: que a las nueve en punto yo iría al banco para abrir otra cuenta, que le pasaría los datos en cuanto los tuviera.

En la calle, frente a la puerta de la casa de mis papás, bajo el sol radiante de la mañana de otoño, mi tío se agachó para señalarme la trayectoria del rayón que yo supuestamente le había hecho a su coche. Era una línea delgadita, apenas perceptible, que atravesaba el costado del vehículo, del lado del conductor, practicada quizá con un clavo, un cuchillo, eso que llaman un objeto punzocortante.

–Ya lo tenía, ¿no? –me defendí.

–No –contestó mi tío, rotundamente–. Además, me dejaste el tanque vacío.

El acuerdo, tácito, era que yo le devolviera el coche con la misma cantidad de gasolina o, idealmente, en señal de agradecimiento, con el tanque lleno. Y yo planeaba hacerlo, lo hubiera hecho si hubiera tenido dinero.

—Te lo dejo para que lo lleves a la hojalatería —me dijo mi tío.

Luego me explicó a cuál debería acudir y la relación, lejana e intricada, que había entre nuestra familia y la del hojalatero, cuyo padre ya le reparaba las camionetas a mi abuelo.

Cuando me estaba entregando las llaves, el Nene nos interrumpió. Se pusieron a hablar de los gatos que alimentaban mis tíos, de una gata que había parido siete, todos pintos, aunque solo habían sobrevivido cinco. Esperé pacientemente a que terminaran el recuento de los nombres pintorescos con los que iban bautizando a los gatitos. El asunto se fue prolongando hasta que una de las hermanas del Nene salió de su casa y le pegó un grito para que fuera a bañarse.

—Oye, tío —dije en cuanto el Nene nos dio la espalda—, ¿el papá de Everardo también construyó tu casa?

—Construyó todas —respondió—, bueno, todas las de esta cuadra y la de arriba.

La casa de mis papás había sido la primera, mis tíos se habían mudado después, no lo entendía: ¿cómo se le había ocurrido a mi tío permitir que el papá de Everardo también construyera su casa, si sabía muy bien de los problemas que teníamos con el agua, de to-

185

dos los desperfectos que habíamos tenido que ir arreglando? Y, además, ¿acaso mi papá no le advirtió de los intereses que cobraba?

—Estos terrenos originalmente eran del abuelo de Everardo —añadió mi tío.

—¿Del papá de su papá?

—No, del de su mamá, de Irene, la familia de ella es la que tiene dinero.

—Pero ¿no sabías lo que les esperaba? —le pregunté, porque luego su casa había tenido los mismos problemas que la nuestra.

—Ustedes estaban muy chiquitos para darse cuenta —me dijo, incluyendo en la respuesta a mis hermanos, como si yo los representara—, no sabes lo que fueron esos años, crisis económica, inflación, devaluación, un caos. Quién sabe qué hubiéramos hecho si mi papá no nos hubiera heredado los terrenos.

Lo invité a entrar a casa a tomar un café, un té, un vaso de agua. Yo tenía prisa, pero más me valía hacer el ofrecimiento, si no se ofendería. Aceptó el té, pero no quiso pasar, según él también andaba apurado, tenía que ir a León a comprar no sé qué cosa que no se podía conseguir en Lagos y quería volver antes de la comida, no le puse atención.

Al cruzar la puerta para ir por el té, vi a mi hermana, que iba subiendo la escalera.

—¿Qué hace el coche de mi tío ahí afuera? —me preguntó, haciendo una pausa entre escalones.

—Nos lo va a prestar mientras yo esté aquí, para lo que se nos ofrezca —mentí.

—Ah, qué buena onda —dijo mi hermana, y reanudó su camino al segundo piso.

En la cocina, abrí el refrigerador, saqué la jarra de hojas de té de naranja, serví un vaso. Volví a la calle.

—Antes vivíamos en el malecón —dijo mi tío, luego de empinarse la mitad del vaso de té de un trago—, pero ya no aguantábamos la peste, los zancudos, el año que nos acabamos mudando hubo muchas lluvias, se nos inundó la casa varias veces. Era un problema atrás de otro. Hacíamos lo que podíamos, íbamos tapando un agujero con la tierra de otro.

Me dieron ganas de decirle que yo también estaba haciendo lo que podía, y que él no ayudaba exigiéndome que le arreglara un rayón imaginario y que le llenara el tanque de gasolina, pero me quedé callado.

—¿Tú sabes todo el problema que hubo con los terrenos? —me preguntó.

Le dije que no lo recordaba del todo, era algo de lo que se hablaba mucho en la familia, aunque quizá nunca lo había entendido bien, mi tío tenía razón, nosotros éramos unos niños, ese tipo de cosas no nos importaban.

—A tu abuelo se los ofrecieron como parte del pago por los terrenos de la huerta. Fue un arreglo que hicieron con el abuelo de Everardo, el papá de Irene, que fue quien desarrolló el parque industrial; la huerta de mi papá quedaba en medio. Pero había un error en las escrituras y cuando se murió el abuelo de Everardo hubo un lío tremendo. El papá de Everardo sobornó al notario para que le ayudara a recuperar los terrenos. Al final, llegamos a un acuerdo: nos dejaría los terrenos siempre y cuando él construyera las casas, porque era su inmobiliaria la que estaba fraccionando todo el cerro. Viendo los intereses que nos cobró, fue como si nos vendiera los terrenos.

Le dio un sorbito al vaso de té, como si no quisiera terminárselo.

–¿Cómo te fue con la policía? –me preguntó entonces, disimulando mal que se había estado aguantando, que quizá por eso se había inventado lo del rayón y había estado tan platicador hasta ese momento.

No hacía falta imaginar conspiraciones para determinar cómo se había enterado: quizá la patrulla había pasado delante de su casa o quizá la había visto estacionada durante el rato que duró el interrogatorio. O se lo había contado alguno de los vecinos. El Nene, por ejemplo.

–Bien –le contesté–, solo querían saber qué sabía yo sobre la situación financiera de Everardo, se ve que debía mucho dinero.

–¿Ah, sí? –respondió mi tío, ávido.

–Incluso a su mamá –continué–, tenían problemas muy serios por el dinero, estaban peleados por algo de un fraude, una estafa en la que Everardo estuvo implicado. Pero no vayas a contárselo a nadie –añadí–, para asegurarme de que se lo contara a mi tía.

–No, cómo crees –replicó.

Estaba seguro de que todo lo que le dijera a mi tío se lo contaría a mi tía y, en cuestión de minutos, medio Lagos estaría enterado. Diseminar esa información ensombrecería la figura de Everardo, sembraría dudas, y la gente estaría encantada: ya habían pasado más de veinticuatro horas de haberlo enterrado, ya era decente injuriar al muerto, recordar la mala reputación que tenía en vida, despojarlo del aura inmerecida de víctima que había adquirido simplemente por su fallecimiento.

No me equivocaba: mi tío me devolvió el vaso que ni siquiera se había terminado y, súbitamente entusiasmado, aseguró que se tenía que ir, que ya se le había hecho tarde.

—Avísame cuándo te van a entregar el coche —me pidió, palmeándome la espalda, como si hubiera recuperado algo de su confianza en mí, en mi probable inocencia, porque le había compartido el chisme—; pero diles que te urge, si no te empiezan a dar largas. Hacen bien el trabajo, pero son muy mal quedados.

Lo vi irse casi trotando a contarle a mi tía, pero se devolvió.

—Ah —dijo—, dejaste unos paquetes en el coche.

Abrí la cajuela: los tapices de macramé. Cerré antes de que mi hermana se asomara a la calle.

Entré de vuelta a la casa y acabé de prepararme para ir al banco; al menos podría ir en el coche de mi tío, no tendría que ir caminando, expuesto a las miradas de la gente.

Les expliqué a mis papás y a mi hermana, mientras desayunaban, que tenía que ir a firmar una declaración de origen del dinero de la transferencia internacional entre mis cuentas, un trámite establecido hacía poco por el gobierno para evitar el lavado de dinero y dificultar la evasión fiscal. Lo del trámite era verdad, aunque los ciento sesenta mil pesos que había transferido –y que ya se habían esfumado– no traspasaban el límite que hacía necesaria la declaración. Pero eso ni mis papás ni mi hermana tenían cómo saberlo, para empezar porque no sabían cuánto había transferido.

Luego, aprovechando que todos estaban en la cocina, fui al cuarto de mis papás a revisar los cajones del buró para buscar dinero. No les iba a robar, tomaría prestadas unas cuantas monedas, un billete pequeño, porque era típico que si salía sin dinero, aun cuando no planeara comprar ni gastar nada, lo acabaría necesitando para algún imprevisto.

Encontré los billetes que mi mamá guardaba para ir pagando los gastos diarios de la casa y, justo cuando estaba separando un par de ellos para embutírmelos en el bolsillo del pantalón, como si fuera un aviso de la conciencia, se oyeron ruidos, unas voces, a mis espaldas, era mi hermana.

–¿Qué haces? –me preguntó.

–Nada –le contesté, devolviendo los billetes a su lugar.

Me di la vuelta para encararla. Se había dado cuenta de que andaba esculcando los cajones, su expresión de alerta, de sospecha, estaba a punto de transformarse en decepción. Pude leer en su rostro las preguntas que se estaba haciendo. ¿Qué andaba haciendo yo metido a escondidas en el cuarto de mis papás, hurgando en sus cajones? ¿Por qué me comportaba como un intruso, como un ladrón?

—*Escucha* —le dije.

Hice una pausa para enfatizar la sinceridad de lo que estaba a punto de confesarle.

—¿Sabes si hay algo para los nervios? —le pregunté—. No encontré nada en el baño —añadí, porque ahí era donde mis papás tenían su botiquín repleto de medicamentos.

Se quedó sopesando si debía creerme, si era digno de su confianza.

—Ando estresadísimo —insistí—, pero no vayas a decirles nada a mis papás, se van a preocupar.

Sus últimas dudas se desvanecieron ante la petición de guardar el secreto, perfectamente coherente con nuestra historia familiar.

—Buscaste mal —me dijo.

Atravesó la habitación y se metió al baño. La seguí. Hurgó en el botiquín hasta encontrar las pastillas que buscaba. Me entregó una.

–¿Ya desayunaste? No te la tomes en ayunas.

–¿Qué es? –le pregunté.

–Es para la ansiedad.

No pude evitar fruncir el entrecejo; ¿quién se tomaba esas pastillas?

–Son naturales –aclaró mi hermana.

Le pregunté de qué eran.

–Valeriana, pasiflora y no sé qué más, son fuertísimas, como cien tazas de té de tila.

Me acerqué la pastilla a la nariz para olerla; ciertamente, tenía aroma a hierbas.

–Gracias, me la tomo entonces al rato, cuando vuelva del banco, ahorita ya no alcanzo a desayunar.

Me guardé la pastilla en el bolsillo del pantalón, la refundí hasta el fondo, en la esquinita, donde hubiera preferido tener un billete arrugado, unas monedas.

Cuando me subía al coche de mi tío para ir al banco, vi que el Nene se aproximaba corriendo. Iba vestido con una camisa planchada y andaba muy peinado, como niño de primera comunión.

–¿Vas al centro? –me preguntó.

Le dije que sí.

–¿Me puedo ir contigo? Voy a cobrar el apoyo.

–Claro –le contesté.

Se metió al coche y solo entonces vi que traía en la mano, muy apretada, su credencial de elector.

–A ver –le dije, pidiéndosela.

Tenía cincuenta y cuatro años, cinco más que yo.

Un nombre compuesto. Dos apellidos bastante comunes en el pueblo y en todo México. Arranqué en dirección opuesta a la casa de mis tíos; quería evitar que me vieran y pensaran que iba a la hojalatería o que estaba disponiendo del coche para otros asuntos.

–¡Para allá no! –dijo el Nene–, ¡la calle está cerrada!

Lo ignoré, imaginando que podría dar la vuelta, pero resultó que, dos cuadras más abajo, el camino estaba completamente bloqueado y tuve que echarme en reversa.

–Te lo dije –me regañó el Nene.

Luego me metí en sentido contrario, pero acabamos encontrando una zanja, aunque solo obstruía el paso parcialmente; para evitarla, tuve que pegarme mucho a un poste y le di un raspón al coche.

–Híjole –me dijo el Nene–, se va a enojar tu tío. Una vez le lavé el carro y luego me acusó de que se lo había rayado.

Sea como fuera, pude llegar al boulevard sin pasar frente a la casa de mis tíos, que era lo importante. Recorrimos un tramo del boulevard mientras el Nene me explicaba que tenía que ir primero a una oficina de la presidencia municipal a recoger el cheque y luego al banco a cobrarlo. Le pregunté la dirección de la oficina; estaba en el jardín principal, igual que el banco al que yo me dirigía.

Salimos entonces del boulevard por la calle que nos llevaría a los dos a nuestro destino.

–Oye –dijo el Nene–, andan diciendo que te chingaste a Everardo.

Lo miré de reojo. Se veía contento. No dije nada.

–Qué bueno –continuó–, era mala gente, mala persona, ¿sabes qué me hacía?

–¿Qué?

–Me escondía los zapatos. Bueno, me los quitaba primero y los tiraba sabe dónde. Una vez hasta me los quemó. Otra vez los echó en donde están haciendo el depósito, ya ves que se junta ahí pura agua puerca. Luego mi mamá me regañaba bien feo. Muy mala persona, en serio.

–¿Cuando eras niño? –le pregunté, asombrado de su memoria, del rencor que le guardaba, porque yo no me acordaba de nada de eso.

–No, no, ahorita, a veces me lo topaba, nomás que yo corría y a veces ya no me alcanzaba, le daba flojera perseguirme.

Asentí, en silencio, identificado.

–Qué bueno que te lo chingaste –insistió, aliviado.

–Yo no le hice nada –le aclaré, porque si no luego iba a andar contando que yo había confesado el crimen.

–¿No?

–No.

–Pues ¿qué le habrá pasado? ¿Quién habrá sido?

–Le dio un ataque al corazón –le dije–. Pero sobraba quien quisiera chingárselo.

–Eso sí.

Nos quedamos en silencio un par de cuadras, acercándonos ya al centro, al perímetro de las calles que le habían dado a Lagos su fama de pueblo colonial, bonito, mágico. En general, las casas estaban mejor conservadas no porque pertenecieran a la aristocracia del pueblo, proverbialmente tacaña, sino porque los propietarios podían solicitar subsidios para mantenerlas en buen estado por ser patrimonio histórico y reclamo turístico.

—Yo pensaba que ya te llevaba ayer la policía —dijo el Nene—, hasta estuve asomado a la ventana, no quería perderme el espectáculo. Pero no, no te llevaron. ¿Cómo le hiciste para convencerlos? Yo me pongo bien nervioso, se me hace que si me preguntan hasta acabo diciendo que fui yo de puro miedo.

Me reí con ganas.

—Ya te dije que yo no le hice nada.

—Ah, ¿pues quién habrá sido? —se volvió a preguntar.

Llegamos al jardín principal, que a esa hora funcionaba apenas como atajo para ser atravesado en diagonal; más tarde se instalarían los boleadores, los vendedores de globos, los paleteros y los niños que pedían algo para comer, y el jardín dejaría de ser un lugar de paso para convertirse en zona de encuentro.

—Aquí me bajo —dijo el Nene.

—Deja que me estacione.

—No, yo tengo prisa, por aquí nunca hay estacionamiento.

Abrió la portezuela, obligándome a detener el coche.

—Que te vaya bien —le dije.

—Allá adelante está la policía, yo que tú no pasaba por ahí, no vaya a ser que se arrepientan, ya tuviste ayer mucha suerte.

–Gracias por el consejo.

–De nada.

Tal y como me advirtió el Nene, no encontré dónde estacionar en las calles aledañas y tuve que bajar hacia el malecón, pasando por enfrente de la comandancia, en la que dos policías desayunaban tamales en la puerta muy quitados de la pena. En esas andaba cuando me llamó Rolando.

–¿Ya abriste la cuenta? –me preguntó, después de los saludos, mientras yo me orillaba a la orilla, como decían los agentes de tránsito.

Le expliqué que estaba por hacerlo.

–*Escucha* –dijo.

Chingada.

–Necesito que me aguantes unos días. ¿Viste cómo está el dólar?

–¿Qué pasó?

–Volvió a bajar.

–Eso es bueno, ¿no?

–No para mí.

Se puso a contarme de sus *futuros*, los contratos de importación pactados a un dólar fijo para protegerse de las fluctuaciones cambiarias; en el pasado, esta estrategia lo había salvado cada vez que el dólar se encarecía, pero ahora, contra todo pronóstico, estaba más barato de lo presupuestado.

–Estoy perdiendo mucha lana –dijo.

Por lo que entendí, no estaba perdiendo dinero, más bien estaba dejando de ganarlo, aunque quizá era lo mismo, o quizá entendí mal y por eso él era millonario y yo no. Fuera como fuera, la cotización a la baja del dólar había alterado su ánimo, es decir, su disposición a prestarme dinero.

–Seguro el dólar va a subir de nuevo –dijo–, a huevo, dame unos días, nomás necesito confirmarlo.

Una señora tocó con los nudillos el cristal de la ventanilla del coche para pedirme que me moviera, estaba bloqueando la entrada de su cochera. Activé el altavoz del celular mientras maniobraba para reanudar la marcha. Ya no hacía falta buscar estacionamiento, pero igualmente me dirigí al malecón, que podría tomar para volver a casa de mis papás.

Rolando seguía repitiendo sus disculpas y detallando sus excusas; ¿se habría dado cuenta?, ¿habría descubierto que la firma de Daniela en el documento que yo le había enviado era falsa?, ¿estaba inventando todo ese asunto de las fluctuaciones cambiarias para no pelearse conmigo?, ¿me apreciaba tanto?

Detuve el coche al lado del río, tomé el teléfono y, sin desconectar la llamada, consulté el tipo de cambio: había bajado solo cinco centavos, aunque era verdad que llevaba acumulada una caída continua en los últimos días. No tenía una dimensión exacta de los negocios de Rolando, pero era capaz de imaginarme sin problemas que esa fluctuación a la baja inesperada podría llegar a representar muchísimo dinero.

–No te preocupes –lo interrumpí–, ¿sabes qué?, olvídalo, si no es un buen momento, no quiero comprometerte.

–Dame unos días –insistió.

–Voy a hablar con mis hermanos, ya encontraremos otra solución.

–¿En serio?

Claro que era en serio: todo lo que había urdido en la madrugada, con alevosía y nocturnidad, ahora se me aparecía en su esplendorosa vileza; la vida me estaba dando la ocasión de rectificar, de arrepentirme, y yo no podía hacerle eso a mi amigo, no se lo merecía.

–En serio, de veras, muchas gracias.

Nos despedimos con cariño; los dos nos dábamos cuenta –quizá por distintas razones, quizá por las mismas, yo nunca lo sabría, porque no me atrevería a preguntárselo– de que esa conversación había salvado nuestra amistad.

Retuve el impulso de encender de nuevo el coche, necesitaba reflexionar, calcular mi próximo movimiento, ¿de dónde iba a sacar el dinero? A través del parabrisas, analicé el panorama. Lagos ya estaba en plena actividad; sin embargo, ya no eran las camionetas que trajinaban entre los ranchos del otro lado del río y el pueblo, trayendo a los niños a la escuela y aprovechando la vuelta para hacer recados, las que anunciaban el arranque del día; era el tráfico del parque industrial, los coches de los empleados administrativos y los minibuses que trasladaban a los obreros, los camiones de reparto y los servicios de paquetería. Había, además, otro fenómeno nuevo: gente que recorría el paseo peatonal del malecón, unos trotaban, otros corrían y la mayoría caminaba, pero todos iban vestidos con esa ropa de licra de colores estridentes para que a nadie le quedara la menor duda de que estaban haciendo ejercicio, poniéndose en forma. Toda esa coreografía, la puesta en escena de la monotonía pueblerina, me infundió un profundo letargo, un adormecimiento real; al fin y al cabo, no había pegado ojo en toda la noche.

Me pareció que sería una buena idea caminar un rato para desperezarme, estirar las piernas, dejar que mis pensamientos fluyeran con libertad, intentar relajarme, prepararme en cuerpo y espíritu para enfrentar el día. Una de las principales diferencias entre mi vida en el extranjero y la que había llevado y podía llevar en México era justamente esa, que aquí casi nunca caminaba, usaba el coche para todo, ya fuera por comodidad, costumbre, pereza o por la degradación del espacio público.

Me bajé, pues, del coche. La peste del río, una mezcla de aguas fecales y residuos industriales, me golpeó de inmediato. Resultaba increíble que la gente no la notara, que no le importara, que pudiera ignorarla, aunque yo mismo había sido capaz de hacerlo antes, cuando ese hedor formaba parte de mi realidad cotidiana.

Regulé mis aspiraciones al mínimo necesario, intentando que la peste no me desconcentrara, disponiendo el ánimo para el paseo; realmente lo necesitaba. Elegí caminar con dirección al Refugio, la parte en la que el ensanchamiento del paseo peatonal ya había sido terminado; a mi espalda el tramo nuevo se interrumpía y las obras aún estaban en proceso.

Observé a la distancia el puente nuevo, cuya construcción se había quedado detenida por años, debido a un error en el cálculo del ángulo de elevación, y que luego habían terminado sin corregir del todo el problema, porque hubiera requerido demoler el avance de la obra. Era una rampa de lanzamiento más que un puente, una obra absurda que dificultaba el paso de los autos y creaba cuellos de botella en el tráfico. Pensé en caminar hasta allá y volver; diez minutos de ida, más o menos, diez de vuelta: un tiempo razonable para después regresar a casa de mis papás y simular que había resuelto el trámite en el banco.

Sin embargo, no había recorrido ni cincuenta metros cuando me di cuenta de mi error. La gente me miraba, me reconocía, no tardaría en expandirse el chisme de que me habían visto en el malecón solo, ojeroso, pensativo, acongojado, preocupado, angustiado, en actitud sospechosa, como un psicópata buscando víctima. Decidí seguir porque echarme atrás me hubiera puesto en evidencia. ¿De qué? De lo que fuera que la gente se estuviera imaginando; devolverme al coche hubiera significado huir, confirmar sus teorías.

A mitad del camino, una cuadra antes de llegar al bar de las alitas de pollo y las cervezas artesanales donde me había reunido con Everardo —otro error de cálculo, dicen que todo asesino vuelve a la escena del crimen–, vi venir de frente a Berta y a Leticia. Iban caminando muy despacio, contradiciendo la vestimenta deportiva; además, iban maquilladas –otra contradicción– y, anudada a la cintura, cada una llevaba una cangurera, donde guardarían, imaginé, el celular, las llaves, el dinero. Parecía que hablaban de algo grave, y en particular el semblante de Leticia, a pesar de las capas de maquillaje, era sombrío, demacrado. Recapacité en que no la había visto en el funeral de Everardo, algo lógico si había sido su amante. Era una viuda sin derecho al luto público.

Pensé que sería bueno confrontar a Berta, sondear si había participado en la clonación de la cuenta bancaria, sacarle algo de información que me sirviera para rastrear mi dinero; Rolando y su amigo me habían advertido que no lo hiciera, que no mezclara las cosas, pero yo no podía darme el lujo de esperar a la justicia ordinaria: si quería una solución rápida tendría que buscarla por mi propia mano.

Las amigas estaban tan concentradas en su plática que no advirtieron mi presencia hasta que me tuvieron de frente, obstruyéndoles el paso.

–Buenos días –les dije.

Leticia brincó del susto.

–Lo que me faltaba –exclamó.

–¿Puedo hablar contigo? –le pregunté a Berta.

Ambas miraron en derredor, cerciorándose de quién nos estaría vigilando, analizando riesgos, proyectando peligros.

–Yo me voy –dijo Leticia–, te llamo al rato.

—Me cuentas qué te dice el abogado —contestó Berta.

Se abrazaron como si mi exnovia estuviera consolando a su amiga. Fue un abrazo largo que aproveché para preparar mi estrategia, pero lo primero que me dijo Berta, en cuanto su amiga se alejó, condicionó todo lo que hablamos y me hizo ver que, probablemente, casi seguramente, ella no había tenido nada que ver con mi desfalco.

—Pobre —dijo—. Everardo le vació las cuentas.

—¿Cómo?

—Le robó hasta el último centavo.

Todo se detuvo a mi alrededor, mientras asimilaba la noticia. Debo haber puesto una cara muy dramática, porque Berta añadió de inmediato:

—A ti también te robó.

No dije nada.

—¿A ti no? —le pregunté.

—Yo no tengo ahorros —respondió—, el despacho da nomás para los gastos.

La miré con incredulidad, recordando que su mamá les había dado de herencia a ella y a Sebastián varias propiedades en el centro de Lagos; era algo que mi hermana me había explicado cuando me contó del fallecimiento.

—Lo tengo todo invertido —aclaró.

Examiné su mirada y el rictus de su rostro: lucía sincera, receptiva, serena, no había hostilidad; por lo visto, la noticia del desfalco de su amiga había cambiado las cosas, yo había dejado de ser el villano de la historia, Everardo me había suplantado. Sentí un gran alivio. Las habladurías estarían lejos todavía de terminar, pero ahora todo sería confuso, nadie podría emitir un juicio sin admitir que no entendía bien lo que había pasado, sin sospechar que quizá estaba siendo injusto conmigo.

–¿Ya desayunaste? –me preguntó.

Le dije que no. Era verdad, desde las seis de la mañana en que había bajado a la cocina lo único que había tomado era café. Recordé el billete que no alcancé a sacar del cajón del buró de mis papás.

–Ay, pero se me olvidó la cartera –le dije, palpando el bolsillo trasero del pantalón donde se abultaba la cartera.

–Yo te invito –replicó ella–. Ese lugar está rico.

Estaba señalando con el dedo índice de la mano derecha hacia el otro lado del paseo, hacia la terraza de uno de los restaurantes que se habían instalado en el malecón en los últimos tiempos.

Atravesamos la calle en silencio. Los dos nos dirigimos hacia el interior del restaurante, sin considerar la terraza, no había hecho falta ni que lo comentáramos.

El lugar estaba prácticamente vacío, nos ubicamos en una mesa del rincón más alejado de la cocina. Pedimos café, jugo, chilaquiles con huevo, pan dulce.

–Mi mamá no dejó testamento –dijo Berta cuando la mesera se fue con nuestra orden–, y mientras mi papá esté con nosotros no podemos disponer de la herencia.

Otra vez esa manera de hablar del pueblo, ahora

con eufemismos; ¿por qué no había dicho *mientras mi papá esté vivo* o incluso, más directo y honesto, *hasta que mi papá se muera*?

Berta estaba pensando en voz alta, organizando sus ideas; no me estaba dando explicaciones, yo no se las había pedido, ni ella estaba obligada a dármelas, lo del fraude de su amiga la había dejado afectada.

—Pero mi hermano puso a trabajar las propiedades —me explicó—, abrió el bar, la pizzería, el restaurante de mariscos.

Le pregunté si eso era mejor negocio que rentar las propiedades.

—A mediano plazo sí —contestó.

—¿Y a corto?

—Los negocios necesitan un tiempo, tuvimos que invertir bastante en las remodelaciones. De cualquier manera, las rentas en Lagos andan muy bajas.

Conforme más detalles exponía, más claro me quedaba que su hermano la estaba estafando. La mesera trajo el desayuno. La observamos depositar en la mesa los diferentes platos, vasos, tazas y salseras.

—¿Era mucho dinero? —me preguntó Berta, después de probar los chilaquiles, aprobarlos entusiasmada y pedirme que le confirmara que estaban buenos; le dije que sí, aunque, para mi gusto, las tortillas estaban demasiado blandas.

—¿Cómo? —contesté, sinceramente desorientado.

—El dinero que te robó Everardo.

Me concentré en los chilaquiles, el bolillo, el café, el jugo. Iba a tener que tomar una decisión antes de hablar de nuevo. Ahora que casi estaba seguro de que ni ella ni su hermano habían tenido nada que ver, mezclar la muerte de Everardo con el desfalco de mis cuentas solo complicaría las cosas, le daría al banco la excusa perfecta para eludir su responsabilidad; si los abogados del banco llegaban a saber que el dinero había terminado en las manos de alguien con quien yo había tenido contacto directo, automáticamente la culpa sería mía y solo mía.

—A quien también le robó todo el dinero fue a su mamá —respondí para zafarme del interrogatorio.

Era la información que faltaba para acabar de desprestigiar al muerto, para desviar la atención de mí. Depositó el tenedor y el cuchillo sobre los bordes del plato con fuerza, haciendo ruido. Tomó el celular para escribir un mensaje de WhatsApp.

—¿Estás seguro? —me preguntó, aunque ya estaba difundiendo la noticia.

—Segurísimo.

—Espera —dijo, redactando con los dos dedos pulgares a una velocidad olímpica.

Esperé, concentrado en los chilaquiles. De pronto me vino muchísimo sueño. Bostecé largamente, sin ocultarlo.

—Perdón —dijo Berta, como si me estuviera aburriendo ella, como si incluso en ese momento tuviera que disculparse por la falta de educación de ponerse a teclear en el celular interrumpiendo nuestra charla.

—No te preocupes, es el jet lag —mentí.

Dejó por fin el teléfono entre su plato y la cestita

de pan dulce, pero, antes de retomar los cubiertos, se puso a buscar algo en su cangurera.

—Tómate esto —dijo.

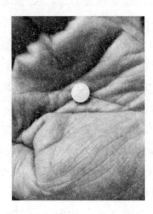

—¿Melatonina?

Se rió a carcajadas.

—Es para mantenerse despierto —me explicó—, yo la tomo cuando tenemos cierre en el despacho.

—¿Cierre de qué?

—Del ejercicio fiscal.

Me quedé analizando la pastilla, proyectando su supuesto uso trimestral, anual, ¿o acaso las empresas estaban obligadas a presentar declaraciones mensuales? No lo sabía, aunque tampoco era difícil imaginar que sí, había impuestos municipales, estatales, federales, eso sin considerar que quizá tuviera clientes en el parque industrial, maquiladoras, corporaciones extranjeras regidas por tratados para evitar la doble imposición. Pero ¿por qué traía las pastillas encima si había salido a hacer ejercicio?

–Si no la quieres –empezó a decir, al ver que yo no reaccionaba.

Seguía con la pastilla en la palma de la mano.

–Me la tomo al rato –le dije–, cuando termine de desayunar, dicen que no es bueno tomar medicina en ayunas.

Se rió otra vez fuerte, como si le hubiera contado un chiste.

–Como quieras –dijo.

Dudé si debía guardarme la pastilla en otro bolsillo, para distinguirla de la que me había dado mi hermana, pero la metí en el mismo porque me pareció que eso solo añadiría otra complicación: ¿cuál era la del bolsillo derecho y cuál la del izquierdo? Realmente me costaba pensar con claridad. Lo mejor sería volver a casa de mis papás a dormir unas horas.

–¿Qué fue lo que le diste a Everardo? –me preguntó entonces Berta, que había vuelto a sus chilaquiles.

–¿Cómo?

–Te vi cuando le echaste la pastilla en la cerveza –dijo.

Me quedé callado. Estaba profundamente adormilado, embrutecido, pero aun así me daba cuenta de que debía mantener la boca cerrada.

–No te estoy acusando de nada, la verdad es que ya andaban muy pedos.

Me puse a explicarle muy confusamente que la pastilla me la había dado él, que no entendía por qué de pronto todo el mundo me ofrecía pastillas, pero que yo no me la había tomado por desconfianza, no sabía qué era, él me había dicho de broma que era melatonina, por eso yo le había dicho eso ahora.

–Tranquilo –me interrumpió–, Everardo era un atascado. Seguro le dio un ataque por algo que se metió, pero no te preocupes, yo te voy a guardar el secreto, por los viejos tiempos.

Guiñó el ojo derecho riéndose. La mesera vino a preguntarnos si se nos ofrecía algo. Pedimos que nos sirvieran más café.

–¿Qué habrá hecho Everardo con todo el dinero? –me preguntó Berta.

–Nada –le respondí.

–¿Cómo que nada?

–Se murió, ¿qué puede hacer con el dinero un muerto?

–Pero quizá lo organizó todo así, robarse el dinero para, no sé, saldar sus deudas, dejárselo a sus hijos, arreglar sus asuntos antes de morir.

–¿Everardo? ¿En serio?

–Tienes razón.

La pantalla de su teléfono se iluminó para avisarle de una llamada.

–Perdona –me dijo–, es mi novio.

Se incorporó y arrastró hacia atrás la silla en la que estaba sentada.

–Es abogado –añadió–, él nos recomendó un especialista para este tipo de casos.

Caminó hacia la puerta del restaurante. La vi salir hablando muy expresivamente.

Me terminé los chilaquiles, el café, el jugo. Pellizqué trocitos de una concha de chocolate. ¿Qué hacía yo ahí, en Lagos, desayunando con mi exnovia de hacía treinta años, un lunes cualquiera, como si el tiempo no hubiera pasado? ¿Qué decía esto del destino, del libre albedrío, de la posibilidad o imposibilidad de irse de casa para siempre, renegar de la familia, buscar y encontrar el propio camino? Resultaba evidente que había caído en una trampa, y ni siquiera había sido Everardo quien me la había tendido, había sido yo mismo; había vuelto a casa porque me sentía culpable, no había venido a cuidar a mis papás, o sí, había venido a eso, pero eso significaba mucho más que eso: había venido a pagar un tributo, a saldar una deuda.

Berta no volvía. Se había hecho tarde, el restaurante se vació, la mesera mostró su impaciencia preguntándome varias veces si se me ofrecía algo más.

Cuando por fin decidí ir a asomarme a la puerta, vi que la mesera se llevaba los platos, vasos y tazas de nuestra mesa, pasaba un trapo, me dejaba la cuenta. Afuera, ni rastro de Berta.

En mi cartera tenía las tarjetas de mi cuenta mexicana y de la extranjera, podría pasarlas, cumplir la simulación de la sorpresa al ser rechazadas, alegar un error del banco, pedir permiso para ir al cajero, dejar una credencial como garantía. O, más sencillo, podría irme sin pagar, aprovechar que la mesera se había metido a la cocina para escaparme.

Atravesé la calle trotando, rumbo al coche. La clave era no mirar atrás, pasara lo que pasara, si una moraleja podía sacar de lo que me había sucedido en los últimos días era justamente esa, no había que mirar atrás. Pero al aproximarme, descubrí que un niño estaba frotando con una franela la carrocería del coche de mi tío.

–Ya casi está listo, don –me dijo al ver que sacaba las llaves del bolsillo del pantalón.

–Tengo que irme ya, es una emergencia –le contesté.

El niño echó un chorro de agua con jabón sobre el cofre y el parabrisas y se puso a restregar la franela en la puerta del conductor para impedirme el acceso al auto.

–Un segundito –dijo.

–Oye, en serio tengo que irme –insistí, conteniendo el impulso de empujarlo para quitarlo de en medio–. Además, no tengo cambio.

–No se preocupe, don, yo le cambio.

–No traigo nada de efectivo –le expliqué.

–Uh, pues me debe lo de la lavada.

–Yo no te pedí que lo lavaras.

–Cómo que no, don. También se lo estuve cuidando, por aquí se roban los espejos, la gente es muy brava.

En esas estábamos cuando apareció la mesera, cruzando la calle.

–Perdona –le dije–, mi amiga se sintió mal, voy de urgencia al hospital, al rato vuelvo para pagarte.

210

La mesera miró hacia adentro del coche, alrededor, como preguntándose dónde estaba la paciente que necesitaba atención médica.

–No sea malito –dijo–, págueme ahora, luego el patrón hace el corte de caja y me lo descuenta.

–Dice que no trae dinero –intervino el niño.

–Tengo que ir al cajero –aclaré.

–Uh, luego ni vuelven –dijo el niño. Lo dijo en plural, como si yo perteneciera a un grupo, como si fuera una práctica habitual –probablemente lo fuera–. Miré en derredor, analizando mis posibilidades. Una cuadra más adelante, vi movimiento en el bar de las alitas de pollo y las cervezas artesanales, dos camiones estaban descargando mercancía.

–¿Cuánto es? –le pregunté a la mesera.

Miró el papel que llevaba en la mano derecha.

–Doscientos veinte –contestó.

–Acompáñame –le pedí.

Me dirigí hacia donde estaban los camiones sin darle opción de reaccionar; si quería cobrarme, iba a tener que seguirme. Se trataba de un camión refrigerado de una de las granjas industriales más antiguas de Lagos, una dedicada a la engorda de pollos, y de otro con placas de Puebla del que bajaban costales de cacahuates. Al lado, en la banqueta, supervisando el trasiego, estaba Sebastián, mi excuñado.

–Qué bueno que recapacitaste –me dijo, sin distraerse–, si no iba a tener que mandar a que te cobraran por las malas.

—¿No has visto a tu hermana? —le pregunté.

Aunque lo había dicho con un tono de voz que pretendía permanecer en la más estricta literalidad, que para nada sugería dobles sentidos, por alguna extraña razón, quizá porque fue una réplica a una amenaza, sonó obsceno.

—¿Cómo? —dijo, sorprendido y preparándose para ponerse violento.

—Estaba desayunando con ella y desapareció —le expliqué.

—¿Cómo que desapareció? —dijo, alarmado.

Fue una mala elección de vocabulario; a esas alturas de la historia de México había verbos que solo se debían usar en situaciones muy específicas.

—Salió del restaurante para atender una llamada y no volvió —me apresuré a aclarar.

—Ah, pues no sé —contestó Sebastián, retornando a la calma

Detrás de mí, la mesera esperaba paciente.

—¿Esta quién es? —preguntó Sebastián.

—Oye, ¿me puedes prestar doscientos pesos? —le respondí.

—Doscientos veinte —me corrigió la mesera.

—No me has pagado lo que me debes y me estás pidiendo más, ¿en serio? —dijo Sebastián.

Le conté que tenía un problema con las tarjetas, le expliqué que eran extranjeras y que me las habían bloqueado por seguridad, para protegerme, porque, al hacer unos pagos aquí, mi banco había pensado que se trataba de un fraude.

212

Por supuesto, no me creyó, pero, por la manera en que se me quedó viendo, apesadumbrado, concentrándose solo en mí, abandonando momentáneamente la supervisión del pedido que le estaban entregando, era obvio que había entendido lo que me había pasado y que yo ya podría dar por confirmado que realmente ni él ni su hermana habían estado involucrados en el desfalco de mis cuentas.

Metió la mano al bolsillo trasero del pantalón para sacar la cartera. Le extendió dos billetes a la mesera, uno de doscientos y otro de cien.

–Ahorita le traigo el cambio –dijo ella.

–Aguanta –me ordenó Sebastián, anticipándose a que intentara largarme.

Esperamos a que descargaran toda la mercancía. En el paseo del malecón se había interrumpido la afluencia de gente que hacía ejercicio, el sol ya picaba alto en el cielo, furioso, sentí que la cabeza iba a estallarme. Mi mano fue a pescar una de las pastillas, pero ¿cuál?, ¿qué era lo que necesitaba?, ¿tranquilizarme o activarme?, ¿dormir o despertar?, ¿adquirir la lucidez de cuando ya nada importa o la de cuando percibimos que todo está conectado? Dejé que el azar decidiera por mí. Me tragué la pastilla en seco. La mesera regresó con unas monedas; Sebastián le dio un cheque al repartidor de pollo y pagó en efectivo los cacahuates.

–Ven –me dijo cuando hubo finiquitado el trámite–, te invito una cerveza.

Entramos al bar, donde una chamaquita barría cáscaras de cacahuate. Desde la cocina se escuchaban ruidos. Identifiqué la mesa en la que Everardo y yo habíamos estado sentados hacía apenas cuatro noches, el lugar exacto en el que yo había estado de pie, con el brazo derecho levantado y el puño apretado, listo para pegarle.

—Abril —le dijo Sebastián a la chamaquita—, cuando termines le ayudas a Elvis en la cocina, a las dos y media viene un grupo grande.

—Sí, patrón —le contestó ella.

En la barra, Sebastián sirvió dos cervezas de barril; no necesité consultar la hora en el celular para saber que era muy temprano para beber, algo así como las diez de la mañana. Por si fuera poco, era lunes.

—Salud —dijo Sebastián.

Levantó el vaso y le correspondí, no estaba en condiciones de poner las reglas del juego, pero al menos el sorbo que le di a la cerveza fue minúsculo.

—¿Era mucha lana? —me preguntó.

Simulé estar degustando la cerveza, apreciando sus cualidades, para no tener que contestarle.

—La que te robó Everardo —añadió, como si no le hubiera entendido.

Volví a pensar en que por nada del mundo debía mezclar la muerte de Everardo con el desfalco de mis cuentas. Observé a Sebastián. No parecía esperar mi respuesta. Movía la cabeza de un lado a otro, como si pretendiera liberar la tensión de cuello y hombros. Tenía cara de crudo.

—Estoy cansadísimo —dijo.

Fue a la caja a buscar algo, removió objetos esparcidos por ahí, hasta que localizó un frasquito. Volvió a la barra.

—¿Quieres? —me ofreció.

Se metió una pastilla a la boca. Le pregunté qué era.

—Es para darte energía —contestó.

Me imaginé que sería lo mismo que me había dado su hermana, metanfetamina o algo por el estilo.

—Everardo tenía un socio —empezó a contarme—, un pobre pendejo que tiene un ranchito allá por Comanjilla, un borrachito, le dicen el Corcholata, para que te hagas una idea. Se suponía que iban a reconstruir un casco de hacienda abandonado para poner un hotel rural. Pero se pelearon, porque Everardo se clavó la lana que sacaron de un subsidio, ya sabes, recursos de la Secretaría de Turismo por lo de la denominación de Pueblo Mágico.

Se empinó el vaso de cerveza. Yo simulé un trago para no tener que decir nada; mojé mis labios, era una IPA amarga, muy alcohólica.

–Te lo estoy diciendo porque yo creo que ese cabrón tuvo algo que ver –añadió.

–¿En su muerte? –le pregunté, sinceramente escéptico.

Me acordé del hombre que me había abordado afuera del velorio y me pareció altamente improbable que le hubiera hecho algo a Everardo si, de la nada, sin conocerme, me había contado sus problemas con él y cuánto lo detestaba. Nadie da argumentos para inculparse con el cadáver calientito ahí al lado. Aunque también había que considerar que el tipo iba bastante borracho.

–Cómo crees –dijo Sebastián–, Everardo se murió por atascado, eso todo el mundo lo sabe, hasta su mamá, aunque no quiera aceptarlo.

–¿Entonces?

–¡En lo de la lana!, ¿de qué chingados estamos hablando?

Yo seguía con mucho sueño, pero la angustia había sido desplazada a un segundo plano, detrás del telón de la realidad; una especie de gasa lo cubría todo, me protegía como si fuera un escudo, seguramente me había tomado la pastilla de los nervios.

–Págame cuando puedas –añadió Sebastián, comprensivo–. Pero no te vayas a ir sin pagarme.

Sonreí sin querer, sin que fuera totalmente yo quien esbozara la sonrisa; que siguiera necio en recuperar sus mil setecientos ochenta pesos –más los doscientos veinte que acababa de prestarme, ¡ahora le debía exactamente dos mil pesos!–, conociendo mis circunstancias, me resultaba tan mezquino que era cómico, de personaje grotesco, un villano de cuento de Navidad.

—No me juzgues —dijo, defendiéndose de mi sonrisa irónica—, no sabes qué difíciles están las cosas aquí, un chingo de trabajo, esfuerzo, inversión, y al final apenas sacas para pagar el derecho de piso. La verdad, considerando la cantidad de cajas de pollo que le habían entregado, costaba creerle, pero quién sabe, a la mejor de veras yo ya no sabía cómo eran las cosas en Lagos después de tanto tiempo.

—¿Hasta cuándo te quedas? —me preguntó.

Le dije que dependía de cuándo le hicieran a mi mamá un tratamiento médico, que a eso había venido, a cuidar a mis papás.

—Sí, me contó mi hermana —dijo—. Bueno, yo me voy, tengo reunión con el distribuidor de cerveza, los cabrones quieren subir otra vez el precio, te digo, en este pinche país no se pueden hacer negocios. Qué bueno que te fuiste, hiciste bien.

Salió de atrás de la barra y me preparé para seguirlo.

—Tranquilo —me dijo—, acábate la cerveza. Nomás hazme un favor, avísale a mi gente cuando te vayas para que cierren con llave. El otro día nos robaron los servilleteros, ¿puedes creerlo?, ¡los pinches servilleteros!

Se aproximó hasta donde yo estaba.

—Salúdame a tus papás —dijo, palmeándome la espalda.

Esperé a que Sebastián se fuera, no iba a largarme de ahí dejando lleno el vaso de cerveza, hubiera sido una falta de consideración, una grosería que se podía tomar como una ofensa. Aproveché para revisar los mensajes en el teléfono. Tenía varias llamadas perdidas de Rolando. Cuatro, no, cinco, en los últimos veinte minutos. Tanta insistencia me hizo suponer que se había arrepentido, que me estaba intentando localizar para decirme que abriera la cuenta bancaria, que siempre sí iba a prestarme el dinero. Incluso bajo el efecto entorpecedor de la pastilla, se me llenaron los ojos de lágrimas, de pura vergüenza, ¿cómo había pensado en engañarlo?

Le envié un mensaje de WhatsApp en el que le mentía, le inventaba que ya estaba viendo una opción con mis hermanos para conseguir el dinero. Sin embargo, en lugar de contestarme por escrito, me llamó.

Empecé a decirle que, en serio, no se preocupara por el dinero, que ya lo habíamos conseguido, pero me interrumpió.

–No te llamo por eso, es por una buena noticia.

–¿Qué pasó? –le pregunté.

–Tu mamá se ganó la rifa –me dijo.

–¿Qué rifa? –le pregunté, desconcertado.

–La de la oficina, era para juntar dinero para la operación del papá de una de mis empleadas.

Recordé a la recepcionista que tejía un suéter, la prótesis de cadera que necesitaba su papá. ¿Cuánto dinero sería? Seguramente no era mucho, pero en aquel momento me caería del cielo. Mientras yo hacía estas especulaciones, Rolando me estaba diciendo que, como no le contestaba el teléfono, había llamado a Ángel para avisarle y para pedirle que pasara a recoger el premio.

–¿Cuánto es? –le pregunté.

–No es dinero, es una batería de cocina.

Me dio un ataque de risa, hasta tuve que tapar el micrófono del teléfono porque las carcajadas se me escapaban.

–Oye –me dijo Rolando.

–Dime.

–Qué bueno que ya se están arreglando las cosas, de veras me da mucho gusto. A veces parece que todo está de la chingada, pero no es cierto, al final las cosas siempre se arreglan.

A pesar de que sonara a discurso de superación personal, yo sabía lo sinceras que eran sus palabras: él mismo había estado en bancarrota dos veces y, por si fuera poco, se había pasado veinte días en coma por una complicación en una cirugía de rutina. Le di las gracias por sus buenos deseos y nos despedimos sin volver a hablar del dinero.

Pero las cosas no se estaban arreglando ni iban a arreglarse solas; si yo quería que las cosas se arreglaran, iba a tener que dejar de aceptar que la realidad me fuera impuesta por otros, no dejarme llevar más por las circunstancias.

Me había convencido de que los días que iba a pasar en México serían tan solo un intermedio, una pausa en mi vida real en el extranjero, y me había propuesto dedicarme solo a lo importante, a lo que había venido a hacer, a cuidar a mis papás y nada más, como si hubiera viajado al pasado y tuviera miedo de que mis acciones trastocaran el futuro. Pero había ido a tomar unas cervezas con Everardo, le había pegado un puñetazo, me había vuelto sospechoso de su muerte, me habían vaciado mis cuentas bancarias, y todo eso había sucedido aprovechando mi ingenuidad, mi incomprensión del país en el que se había convertido México. Luego me había dedicado a intentar tapar un agujero cavando otro, ocultándoles a mis hermanos y a mis papás lo que estaba pasando, simulando que todo estaba bajo control, traicionando a Rolando y arrepintiéndome en el acto, evadiendo mi responsabilidad.

Mi mamá tenía razón, me repetía, me estaba repitiendo todo el tiempo, siempre hacía lo mismo, me escapaba, me iba corriendo, huyendo del conflicto, como si tuviera una fe ciega en que, al dejarlo atrás, se esfumaría.

Abrí el WhatsApp y localicé el mensaje de Uriel con el teléfono del Guti, el tipo que le había vendido el coyote hacía mil años, el hombre que ahora, entre otras cosas, trabajaba como velador en el cementerio en el que habían enterrado a Everardo. Iba a llamarlo, pero en ese momento me percaté de que ya se me había acabado el saldo de ciento cincuenta pesos que había comprado en el Oxxo. Intenté conectarme al wifi del restaurante, ¿cómo se llamaba la red? No pude localizarla.

Fui atrás de la barra y vacié el vaso de cerveza en el fregadero. Ahí al lado estaba el bote de las propinas. Me cercioré de que la chamaquita que había estado barriendo no apareciera. Saqué un billete de cincuenta pesos para el niño que me había lavado el coche. Atravesé el bar esquivando las mesas, me asomé a la cocina. La chamaquita estaba fregando una pila de platos mientras platicaba con el cocinero, que iba sumergiendo piezas de pollo en botes de salsa para marinarlas.

–Buenas –saludé.

Los dos interrumpieron lo que estaban haciendo. Me devolvieron el saludo, disponiéndose a escucharme, atentos, me habían visto con el patrón, supondrían que era su amigo.

–Necesito conectarme a internet –dije–, pero no agarro la señal.

El cocinero se limpió las manos con un trapo.

–Está apagado el router –respondió.

La salsa era espesa y pegajosa, así que terminó por acercarse al fregadero para enjuagarse los dedos bajo el chorro fuerte de agua.

–El patrón solo lo enciende cuando hay clientes –explicó.

Luego caminó hasta el umbral de la cocina y me llevó de vuelta a la barra, empujándome suavemente por el hombro.

–Elvis, ¿verdad? –le pregunté, por corresponder a su amabilidad.

–Simón –dijo.

–¿Es nombre o apodo?

–Nombre, mi papá era fan.

Desapareció al agacharse atrás de la barra, supuse que maniobrando para reiniciar el internet.

–Oye –me dijo cuando reapareció–, ¿tú sabes si es verdad que el patrón va a cerrar el bar?

Le contesté que no sabía nada.

–Lleva meses amenazándonos con que cualquier día se harta y lo cierra.

–No le hagas caso, todo el mundo se queja, ya sabes, es una estrategia para sacar ventaja, pagar mal, pagar tarde, hasta evadir impuestos.

–No, no –replicó–, sí es verdad que el negocio anda de la chingada. Everardo le contó a una de las meseras que el patrón iba a cerrar el changarro el mes que entra.

La mención del nombre de Everardo me puso en alerta. La familiaridad con la que se había referido a él significaba, al menos, tres cosas importantes: que Everardo era un cliente frecuente, que era más cercano a Sebastián de lo que él había aceptado y que los trabajadores del bar me tenían identificado.

–¿No te acuerdas de mí? –me preguntó al ver mi reacción recelosa.

Observé su aspecto falsamente juvenil, tendría más de treinta años y menos de cuarenta: el cabello largo recogido en un chongo para mantener a salvo la salsa, la arracada en el lóbulo izquierdo, tatuajes en los antebrazos, la camiseta de un grupo de heavy metal que estuvo de moda hace un par de décadas, como mínimo.

–Yo fui el que los separó el otro día –añadió.

222

No, no me acordaba de él, ¿cómo iba a acordarme si en aquel momento la adrenalina y el miedo me nublaban todo?

–Pensaba que eras cocinero –le dije.

–Cocinero, mesero, seguridad –respondió–. En las noches estoy en la caja.

Se inclinó hacia atrás de la barra para pescar un vaso. Se sirvió cerveza de barril hasta la mitad.

–¿Quieres? –me ofreció.

Le dije que no.

–Ese mamón era un hijo de la chingada –dijo–. Se la pasaba queriendo levantarse a las meseras, ¿te fijaste que todas son chavitas?, el patrón también las escoge con la esperanza de pasárselas por las armas.

Se quedó observando el vaso, esperando a que la espuma de la cerveza se asentara.

–¿En serio no sabes nada? –me preguntó–. Si va a cerrar yo tengo que ponerme a buscar algo ya, tengo dos niños chiquitos.

–No creo que sea verdad –le dije–. Seguro Everardo le contó eso a tu compañera para asustarla, no me extrañaría que le ofreciera trabajo, todo para engatusársela.

El cocinero, mesero, guarura, cajero, se empinó la cerveza.

–Eso sí –contestó–, le contó no sé qué historias de una agencia de viajes.

–¿Lo ves?

Asintió, medio convencido, aunque el miedo a perder el trabajo no le iba a dejar estar tranquilo.

–Ese cabrón era muy mala persona –dijo–. Se burlaba de todos nosotros, nos trataba como si fuéramos sus criados, y uno aguanta porque necesita la chamba, pero no sabes las ganas que tenía de darle una madriza. Por eso me metí a separarlos, antes de que te chingara. Yo llevaba un rato viéndote, se notaba que le traías un montón de ganas, y yo nomás pensaba, *órale, órale, chíngatelo*. Pero nomás le pegaste un chingadazo y te quedaste congelado, como esperando que te madreara.

Fue a lavar el vaso en el que se había tomado la cerveza, lo secó y lo depositó en su lugar, borrando cualquier evidencia que lo delatara como el ladrón de cincuenta mililitros de cerveza artesanal.

–¿Hace mucho que vives fuera? –me preguntó.

–¿Cómo?

–Vives en el extranjero, ¿no?

–¿Cómo sabes?

–Hablas raro, distinto.

Me dio la espalda y lo observé desaparecer rumbo a la cocina.

–Avísame cuando te vayas para cerrar con llave –dijo–, luego nos roban y el patrón la agarra conmigo.

Conecté el teléfono al wifi del restaurante. Me senté en una de las mesas al lado de la barra, teniendo el cuidado, quizá por superstición, de que no fuera la misma en la que había estado con Everardo. Llamé al velador del cementerio por WhatsApp.

–¿Quién es? –dijo el Guti cuando contestó, sin saludar, sonaba ocupado, a medias de lo que estuviera haciendo.

Le expliqué que era el hermano de mi hermano pequeño, que él nos había presentado la noche anterior.

—Ahora no puedo —dijo—, lo llamo en cinco minutos.

Me quedé mirando fijamente el teléfono como si fuera a iluminarse de inmediato, pero no solo no lo hacía, sino que la imagen que me devolvía, la de mi rostro contemplándome a través del espejo oscuro en el que se convertía la pantalla del celular cuando estaba apagada, comenzó a aletargarme conforme pasaban los minutos, iba hipnotizándome, la noche en vela y el efecto tranquilizante de la pastilla eran una combinación letal. Cinco minutos y nada. Diez, nada. El ruido de platos y cubiertos en la cocina, su cotidianidad, contribuía también al adormilamiento.

En realidad, no había prisa, seguía siendo muy temprano, tenía todo el día por delante, podía perfectamente echarme una pestañita, veinte minutos, media hora máximo, y encarar el día con mayor determinación cuando despertara.

Aproximé la silla a la mesa y recosté los antebrazos y la cabeza en la superficie. Cerré los ojos. Me quedé dormido.

Desperté con los zangoloteos.

—¿Qué haces aquí, pendejo? —decía una voz masculina.

La cabeza me pesaba como si la tuviera rellena de

arena, de arenas movedizas, ningún pensamiento era capaz de desplazarse hacia la superficie, las ideas se empantanaban, entre más luchaban por emerger más se hundían. Observé con desconfianza las mesas del bar, las sillas, la barra, a una chamaquita que estaba colocando servilleteros.

—Te estoy hablando, pendejo —insistía la voz masculina, a mis espaldas.

Al reconocer el lugar, una descarga de miedo me erizó la piel; ahí al lado, yo le había pegado a Everardo. Sobre las mesas ya lucían los botes de salsa de barbacoa, picante, extrapicante, cátsup, mayonesa: Everardo estaba muerto y la gente iba a comer alitas de pollo, a tomar cerveza artesanal, la vida seguía su curso.

Me incorporé con muchísimas dificultades, las piernas me pesaban como costales de arena; no sé por qué, pero todo me hacía pensar en arena. Busqué en los alrededores la voz que me estaba interpelando y la encontré al girar la cabeza atrás de mí. Tardé unos segundos en reconocer al Sinba. Como ya sabía quién era, a qué se dedicaba, en esta ocasión su presencia sí me resultó amenazante, a pesar de su aspecto inofensivo; toda la situación era intimidante, porque de pronto nos encontrábamos los dos solos, la chamaquita había desaparecido y del otro tipo, el cocinero, mesero, guarura, cajero, no había ni sus luces.

—Buenas —dije, por decir algo.

—¿Qué haces aquí? —volvió a preguntar.

—Nada —contesté.

–¿Cómo que nada?

–Vine a ver a –empecé a decir, pero no podía acordarme de cómo se llamaba Sebastián.

–¿A quién?

–Al patrón –dije, como si yo fuera su empleado, pero en ese momento me vino a la mente su nombre–, a Sebastián.

–Sebastián no está.

–Ya se fue –le expliqué.

–No digas pendejadas, Sebastián nunca está aquí a esta hora, está curándose la cruda en el Colonial.

–Pues aquí estaba hace ratito.

–No puede ser.

Entonces advertí que las puertas del bar ya estaban abiertas al público.

–¿Qué horas son? –pregunté.

–La una.

Me había quedado dormido dos o tres horas. Ese descubrimiento me dejó asombradísimo, más que dormir sentía como que hubiera perdido el conocimiento. El Sinba comenzó a desesperarse. Tronó la boca, se arremangó la sudadera y me empujó para advertirme que estábamos a punto de pasar de las palabras a los hechos.

–¿La viniste a hacer de pedo por lo de tu amigo? –dijo.

–¿Cómo? –contesté.

–El pendejo de Everardo.

–Nooo, nooo, no era eso.

–Lo que le vendíamos era de la mejor calidad

–dijo–, pero ese pendejo era un atascado, le dijimos varias veces que no la fuera a cagar con las mezclas.

–Oye, yo de veras vine a ver a Sebastián.

En eso, otro muchachito se asomó desde la puerta y le hizo una seña para que saliera.

–Tú eres de fuera, ¿verdad? –me dijo el Sinba–, ¿qué chingados se te perdió en Lagos?

Iba a explicarle que no era de fuera, que era de aquí, aunque sí vivía fuera, y que había venido solo por unos días, a cuidar a mis papás, que mi mamá estaba enferma e iban a practicarle un tratamiento, pero me pareció demasiada información y, además, no me vi en condiciones de hacerlo, así que me quedé callado.

–Te voy a dar un regalo –añadió–, un recuerdo de Lagos.

»¡Ya voy! –le grité al muchachito, que seguía abanicando el brazo desde la puerta para que lo siguiera.

Volvió a empujarme, con más fuerza que la vez anterior, como despedida.

–Lárgate –me dijo–, no te quiero ver por aquí cuando vuelva.

Lo contemplé salir del restaurante. La chamaquita entró de vuelta, aparentemente había estado disponiendo las mesas de la terraza. La reconocí: la había visto barriendo cáscaras de cacahuate y lavando platos en la cocina. Abril se llamaba.

–Señor, ¿quiere una mesa?, ya vamos a abrir –dijo.

–¿Me regalas un vaso de agua? –le contesté.

Desbloqueé el celular: mensajes de mis hermanos, de mi esposa, y varias llamadas perdidas del velador del cementerio. Pesqué la otra pastilla del fondo del bolsillo del pantalón, por descarte supuse que sería la que me había dado Berta, la que daba energía. La necesitaba con urgencia.

La chamaquita maniobraba detrás de la barra, me pareció que tardaba más de lo necesario para una operación tan sencilla como servir agua en un vaso.

Por fin se aproximó con el vaso, pero no me lo entregaba. Me estaba obligando a que hiciera algo que no había hecho hasta entonces, ensimismado como estaba con mis problemas: a que la mirara con atención. Era morena, muy delgada, chaparrita, aniñada, no aparentaba ser mayor de edad, aunque tendría que serlo para trabajar en un lugar que vendía bebidas alcohólicas y abría hasta la madrugada. Su expresión era de profunda tristeza, de haber estado llorando.

–¿Usted conocía a Everardo? –me preguntó.

Le quité el vaso de las manos y me tomé la pastilla sin disimularlo, como si se tratara de una aspirina.

–Háblame de tú –le contesté.

–Sí lo conocía, ¿verdad? –insistió, incapaz de aceptar mi petición, no solo por una cuestión de edad, sino porque creía que yo era amigo del patrón.

Entonces se puso a llorar. Las lágrimas le empapaban el rostro y los sollozos cada vez más fuertes le provocaron hipo.

–Estoy embarazada –alcanzó a decir con muchas dificultades.

–¿Cuántos años tienes? –fue lo único que se me ocurrió contestarle, y me arrepentí al instante, porque en la pregunta había un juicio implícito, era la pregunta que le habría hecho un cura, un profesor.

–Voy a cumplir diecinueve –dijo.

–¿Y quieres tenerlo? –le pregunté.

Paró de llorar de golpe. Abrió los ojos asustadísima, como si le estuviera proponiendo matar a su hijo.

–Necesito hablar con su mamá –contestó.

–¿Con mi mamá? –respondí, extrañadísimo.

–Con la de Everardo –dijo.

Realmente, mi capacidad de discernimiento estaba bajo mínimos. En un acto reflejo, tomé el celular, pero al revisar la agenda me di cuenta de que yo no tenía el número de Irene, ¿por qué habría de tenerlo? Le prometí que se lo conseguiría.

Empecé a caminar rumbo a la salida, rápido, debía largarme de ahí antes de que volviera el Sinba.

–Te paso mi teléfono –dijo la chamaquita.

Me detuve un momento para reflexionarlo; no entendía para qué habría de querer yo su número. Intenté concentrarme, pero lo único que conseguí pensar fue que adentro de mi cabeza había un desierto.

—Para que me mandes el número por WhatsApp —me explicó.

—Claro, claro —dije.

Me dictó su número.

—Abril, ¿no? —le pregunté.

—María Abril —especificó.

Luego de registrar los datos, salí al fresco del otoño, pero ya estaba haciendo muchísimo calor, el sol atroz en lo alto del cielo. En la banqueta, inspeccioné el panorama: ni rastro del Sinba. Aprovechando el wifi del restaurante, llamé al velador del cementerio.

El Guti respondió rápido; por detrás de su voz se escuchaba el sonido de una televisión en un programa ruidoso, también barullo de conversaciones. Volví a explicarle que era el hermano de mi hermano pequeño, que él nos había presentado la noche anterior.

—¿En qué puedo ayudarle? —me preguntó.

—¿Puede hablar ahora? —le respondí, porque me pareció que se encontraba en un lugar público, un restaurante, una tienda, una peluquería, algo por el estilo.

—¿Que no estamos hablando? —contestó.

Le dije que le hablaba por el cuerpo.

Hubo un momento de silencio. Su tono de voz cambió, también el ruido del ambiente: se habría apartado, se habría ido a meter a algún lugar donde no lo escucharan.

–¿Qué cuerpo? –preguntó.

–El de Everardo –dije.

–Ahí sigue –replicó–, sin novedades.

–Si hay novedades, ¿me haría el favor de avisarme? –le pedí.

–Claro –dijo–, pero luego se va a acordar de mí, ¿verdad?

–Por supuesto, Guti –le contesté, forzando la intimidad–, yo luego me paso a visitarlo.

Corté la comunicación pensando que ahora, encima, debía más dinero: la propina del velador.

Atravesé el malecón y, afortunadamente, el único coche estacionado era el de mi tío, de no haber sido así me hubiera costado muchísimo encontrarlo; desafortunadamente, el aviso de multa enganchado en el parabrisas explicaba por qué había tenido tanta suerte.

–Lo fui a buscar, don, pero no lo encontré, ¿dónde se metió? –me dijo el niño con la franela en la mano.

Retiré la multa del parabrisas sin revisarla.

–Después de las diez no se puede estacionar aquí –añadió–, antes diga que no se lo llevó la grúa.

El niño me estaba bloqueando la puerta del coche.

–No traigo nada –le dije–, te lo debo para la próxima.

Metí las manos a los bolsillos del pantalón para demostrarle que estaban vacíos, pero un casquillo de metralleta y un billete de cincuenta pesos salieron volando. El niño atrapó el billete todavía en el aire. Temiendo que le reclamara, o que le pidiera cambio, se alejó en el acto, de manera resuelta y astuta, como un abogado que hubiera acabado de firmar un contrato con muchas cláusulas de letra pequeñita.

El interior del auto estaba caldeado, tendría que abrir las ventanillas para airearlo, espabilarme, parecía que me hubiera metido a la cama, tibia, reconfortante. Encajé la llave y me recosté un momento para pensar cuál debería ser mi próximo movimiento. Me quedé dormido de nuevo.

El ruido del claxon me despertó, qué susto, y aunque tardé un par de segundos en darme cuenta de dónde estaba y por qué, cómo había llegado hasta ahí, de inmediato entendí lo que iba a suceder si no me apresuraba, si no huía de ahí cuanto antes. ¿Cómo podía haberme quedado dormido?

Encendí el coche y aceleré a fondo. Atrás de mí, el auto que me había despertado se puso a perseguirme, pitando y encendiendo las luces altas para amenazarme, para advertirme que más me valía que me detuviera antes de que me obligara a hacerlo por las malas.

Me iba acercando a la Calzada, iba en dirección opuesta a la casa de mis papás, pero eso no importaba, lo único importante era perder de vista al auto que veía en el espejo retrovisor. Tendría que elegir si continuaba por la derecha, hacia La Luz, o si me metía en el tráfico del centro, por la izquierda, donde iría más lento pero estaría más seguro por la presencia de más coches, de testigos potenciales de lo que fuera que pudiera sucederme. Giré bruscamente a la izquierda cuando parecía que me metería a la derecha y conseguí despistar a mi perseguidor lo suficiente para que una camioneta se interpusiera entre nosotros. Aceleré con la esperanza de que la camioneta me sirviera de parapeto, con un poco de suerte podría perderme si daba la vuelta en el instante en que mi coche se escondiera en un punto ciego. Pero entonces me metí por la primera calle que pude a la izquierda; fue un error fatal: solo en ese momento caí en la cuenta de que era el horario de salida de las escuelas, sería la una y media, las dos de la tarde, el tránsito estaba completamente bloqueado. Me eché en reversa desesperado. Choqué con el auto que me había estado persiguiendo.

Vi pasar mi vida en un segundo, era una película completamente predecible: empezaba con la huida del útero materno, había múltiples huidas en medio, de la casa familiar, de Lagos, de México, y terminaba con una huida frustrada.

Alguien tocó con los nudillos el cristal de la ventana. Me agaché instintivamente para evitar el golpe, el balazo. Volvieron a tocar. Me atreví a mirar. Era mi tío. Observé la imagen en el espejo retrovisor: en el asiento de copiloto del coche que estaba atrás de mí, chocado, mi tía hablaba por teléfono, con rostro desencajado por la alarma. Me bajé del coche. Me apresuré a darle explicaciones a mi tío, antes de que me las pidiera. Todo iba muy rápido.

–Pensé que me estabas persiguiendo –le dije–. O sea, no tú –me corregí–. Pensé que alguien me estaba persiguiendo, que me querían hacer algo.

Mi tío se me quedó viendo con lástima, como si yo no tuviera remedio. Me imaginé que ahora comenzaría el interrogatorio: de quién andaba huyendo, por qué pensaba que me seguían, pero su pregunta fue mucho más concreta.

–¿Estás drogado?

–No, no, no, no, no, no, no –repetí, no podía parar de negar, seguro era efecto de la pastilla, de la segunda, o de la mezcla de las dos, la de los nervios y la de la energía, mi cuerpo había recibido señales contradictorias.

–Dame las llaves –me ordenó mi tío.

Intenté defenderme, demostrarle que estaba bien, en posesión de mis facultades, como suele decirse, pero el problema fue que no lo estaba.

–Tu tía ya está llamando al seguro –dijo–. A ver cómo le hago para explicarles que choqué mis dos coches.

–Yo me hago responsable –le contesté–, fue mi culpa, les decimos eso.

–Si te ven *así* no me van a pagar nada –respondió, sin admitir réplica.

Los niños de la escuela y las madres y padres que habían venido a recogerlos se estaban arremolinando a nuestro alrededor, cuchicheando.

–Mejor vete –me dijo mi tío.

Iba a subirme al coche para sacar las llaves.

–Déjalas pegadas –me interrumpió mi tío, contradiciendo su orden anterior, aunque solo en apariencia.

Antes me había pedido las llaves porque era la manera de decir que me retiraba el coche, que ya no me lo prestaba, que, a partir de ese momento, mediante la pronunciación de esa frase, el auto volvía a estar en su poder y bajo su responsabilidad.

–Te llamo al rato –le dije–, para que me cuentes cómo te fue con el seguro. Si hay algún problema, yo te pago.

–¿Y esto? –contestó mi tío.

Estaba señalando el raspón que le había hecho al coche antes, más temprano, cuando no le hice caso al Nene de que la calle estaba cerrada.

–Lo siento –dije.

Me aproximé al otro coche para saludar a mi tía. Le hice un ademán de despedida con la mano derecha, pero me ignoró: estaba entretenida recitando los números de la póliza que iba leyendo de una credencial.

El tráfico del centro se había colapsado por mi culpa; desde lejos se escuchaban los pitidos, los improperios, el pueblo entero me insultaba. Traté de salir de ese caos, caminé sin rumbo, aturdido. Sin saber cómo, llegué a la casa del centro, nuestra primera casa. Me puse a tocar la puerta, fuerte, con la aldaba.

Abrió la puerta un tipo fornido, alto, muy moreno y de barba desaliñada, el rostro abotargado, el semblante típico de quien bebe en exceso.

—¿Vienes a ver la casa? —me preguntó.

—¿Cómo? —respondí.

Por alguna extraña razón, esperaba que me abriera la puerta mi mamá o alguno de mis hermanos.

—¿Quién eres? —pregunté.

—De la inmobiliaria —contestó el tipo, señalando con las cejas hacia el cielo, hacia arriba de la puerta, donde había un letrero de «Se renta» que yo no había visto. Volví a observarlo, ahora con más atención. Vestía una camisa mal planchada, a cuadros, pantalón de mezclilla y botines, pero no traía cinturón piteado —por lo visto, la evolución de vaquero a agente inmobiliario no lo exigía.

—Ah, sí —dije.

El tipo se hizo a un lado para que yo pasara.

Entré al patio donde solíamos jugar al futbol y en el que mi papá estacionaba el coche todas las noches. Pero ahí terminó, de golpe, la sensación de familiaridad, de recuperación del espacio perdido: durante el transcurso de los años, los sucesivos inquilinos habían ido practicando remodelaciones que volvían irreconocible la casa. Era eso o mi mala memoria o el efecto de las pastillas, que me atolondraban, me volvían indiferente a todo.

Recorrimos las tres habitaciones, los dos baños, la cocina, mientras el agente inmobiliario ensalzaba los beneficios de la ubicación de la casa, en pleno centro de Lagos.

—Oye —dijo de pronto, interrumpiendo sus argumentos de ventas.

Se me había quedado observando fijamente.

—Nos conocemos, ¿no?

Sonreí porque calculé que tendríamos más o menos la misma edad y seguramente habríamos ido a la misma escuela.

Me volvió a estrechar la mano, ahora con más fuerza.

—Vivías en el extranjero, ¿verdad?

Asentí.

—No sabía que habías regresado, qué bueno, me da mucho gusto. Yo también viví un tiempo fuera, pero no aguanté, extrañaba mucho, al final uno siempre quiere volver a las raíces, ¿no?

Yo seguía asintiendo, aunque no estaba de acuerdo.

—No hay nada como volver a Lagos, ya verás, vas a ver qué buena decisión tomaste.

En eso, tocaron la puerta.

—Dame un minuto —dijo—, tengo otro cliente. Tú no hiciste cita, ¿verdad?

Le dije que no.

—No hay problema —replicó, y se fue a abrir la puerta.

Me quedé esperándolo en la cocina, pero luego aproveché que se había metido a las habitaciones con la nueva visita para escabullirme a la calle.

Por lo visto, el tráfico en el centro ya se había normalizado. Repasé mentalmente el trayecto más corto a casa de mis papás. Me prometí concentrarme en eso y solo eso, llegar sano y salvo a destino. Una cosa cada vez.

Caminé una cuadra hacia el teatro, reconocí el local donde antes estaba la mueblería y ahora había una tienda de celulares, el lugar exacto en el que una camioneta lechera me había atropellado un domingo de hacía mil años. Sentí un mareo fuertísimo, vértigo, creí que era por la intensidad del recuerdo, el golpe del espejo de la camioneta en mi rostro, el vuelo de mi cuerpo hacia atrás, hacia atrás, hacia atrás, hacia atrás. Me desplomé sobre la banqueta.

Cuando abrí los ojos, lo primero que noté fue que estaba descalzo. ¿Dónde estaban mis zapatos? Me incorporé a medias, sobre los codos. No había absolutamente nadie en la calle, el silencio se metía dentro de mi cabeza y no me dejaba escuchar nada. Debería ponerme de pie, ir a buscar mis zapatos, pero algo me lo impedía; primero pensé que me faltaban fuerzas para hacerlo, pero luego descubrí que lo que me faltaba era el cuerpo.

De pronto, una anciana obesa se aproximó desde la banqueta de enfrente, traía mis zapatos en las manos. Movía la boca sin que yo pudiera captar el sonido, tampoco era capaz de leer sus labios. Me resultaba conocida, pero el aturdimiento me impedía reconocerla.

—¡¿Cómo?! —gritaba yo—, ¡¿qué?!

La mujer me calzó los zapatos, maternalmente. Conforme iba amarrando las agujetas, apretando los nudos con firmeza, el silencio se fue escapando de mi cabeza por los oídos, como si se destaparan.

—Gracias —le dije.

Inicié el impulso de incorporarme, pero la mujer me detuvo.

–No te muevas –me dijo–, tienes que esperar a la ambulancia.

Me acordé de que, cuando me habían atropellado, el dueño de la mueblería me había traído los zapatos, pero luego me había dejado ir a casa sin cerciorarse de que no me hubiera hecho daño. ¿Quién era esta mujer? Actuaba como si me conociera, seguramente me conocía y yo también, aunque me costara tanto identificarla.

–Si le hubieras pegado entonces –dijo la mujer–, nada de esto habría pasado.

Era Irene, la mamá de Everardo.

–Tendrías que haberle pegado, tendrías que haberle pegado –repetía, desconsolada.

–No estaba listo todavía –le contesté.

–Te encantaba hacerte la víctima, todavía te encanta: mírate nomás, ahí tirado, haciéndote el muerto, pero ¿quién es el que está muerto de verdad?

–Yo no le hice nada a Everardo –repliqué.

–¿No? ¿Y esto?

—Me la dio él primero, él fue el que me quiso matar.

—Claro, claro, tú nunca tienes la culpa, Juan Pablo. Abandonaste a tus papás, te fuiste cuando más te necesitaban.

—Aquí estoy, a eso vine, a cuidarlos.

—Mosca muerta.

Volví a recostarme por completo porque el vértigo arreció de nuevo, fuertísimo, cerré los ojos y deseé poder cerrar los oídos para no tener que escuchar a Irene, que seguía insultándome.

—Hipócrita, manipulador, mentiroso, farsante, mosca muerta, mosca muerta, mosca muerta, mosca muerta.

Como no podía levantarme y salir corriendo, perdí otra vez la conciencia.

Etilenglicol

Desperté dos días después, en la cama de un hospital. El cuarto estaba lleno de gente: mis papás, mis tres hermanos, mi hermana, Rolando. Aplaudieron cuando abrí los ojos, como si hubiera realizado una proeza. Se aproximaron para abrazarme uno por uno, mi mamá soltó más de una lágrima, mis hermanos y Rolando hacían bromas para quitarle solemnidad al momento.

En cuanto acabaron los festejos, pregunté qué me había pasado. Sentía un cansancio inmenso, podría decirse que ni siquiera percibía el cuerpo, tan solo una ligera incomodidad en el cuello, quizá por la posición de la almohada, demasiado alta. Pero veía y pensaba con una nitidez y una lucidez exagerada.

Me explicaron que había sufrido una sobredosis de etilenglicol.

—Anticongelante —aclaró Ángel, al ver mi reacción de extrañeza.

—Para que veas lo que te andas metiendo —añadió Rolando.

Ángel se puso a explicar, con otras palabras y de manera más extensa, que este era el tipo de cosas que pasaban porque las drogas eran fabricadas de manera clandestina, sin ningún tipo de control sanitario.

La buena noticia era que, gracias a esto, había quedado claro de qué había muerto Everardo. De hecho, en la habitación de al lado estaba recuperándose Berta. Ella no había perdido la conciencia como yo, pero se había sentido tan mal que se había ido corriendo a urgencias —por eso me había dejado abandonado en el restaurante—. Sebastián también, pero él no había necesitado ser hospitalizado; aparentemente, su hígado metabolizaba mejor que el nuestro.

Pregunté si habían hablado con mi esposa y mis hijos.

—Sí, claro —dijo Luis—. Querían venirse, ya andaban comprando vuelos, pero el doctor nos aseguró que sí la librabas.

—Gracias a que te trajeron al hospital rápido —intervino Ángel—, si no, no la contabas.

Mi mamá se puso a llorar de nuevo, imaginando la posibilidad de que no me hubieran trasladado oportunamente al hospital y hubiera fallecido.

—Irene pasó hace ratito a visitarte —dijo—, ella fue la que trajo las flores.

Miré el arreglo de claveles blancos que mi mamá me estaba señalando.

—¿Irene fue la que me trajo? –le pregunté.

—Ella trajo las flores –contestó mi mamá, que pensó que yo estaba confuso.

—Pero ¿Irene me trajo al hospital, ella fue la que me encontró? –insistí.

—Te trajo una ambulancia, güey –dijo Uriel.

—Los que la llamaron sí fueron los de la tienda de celulares –les explicó mi hermana a los demás, retomando una conversación que habrían tenido antes, mientras yo permanecía inconsciente.

—Voy a ir a darles las gracias –dijo mi mamá.

Mis hermanos convencieron a mis papás de que se fueran a descansar a la casa y Rolando, que tenía que regresar a Guadalajara, se ofreció a llevarlos. Mi hermana dijo que se iría también, para que mis papás no se quedaran solos.

—Oye, ¿qué hiciste con los tapices? –me preguntó después de acariciarme el pelo.

—En mi casa no están –intervino Luis.

—Perdón –le contesté–, se me olvidó, los dejé en la cajuela del coche de mi tío.

—No, pues ya bailaron –sentenció mi hermana–. El coche está en el taller.

—¿Le va a pagar el seguro a mi tío? –pregunté.

—Creo que sí –respondió.

—Pero igual te va a tocar darle lo del deducible –replicó Uriel.

—No hablen de dinero ahorita –les dijo mi mamá–, tiene que estar tranquilo, lo importante es que se recupere.

Rolando se acercó para darme un abrazo de despedida.

–No te preocupes por el dinero –me susurró al oído–, luego hablamos.

No supe si se refería al dinero en general o a que finalmente había decidido que sí iba a hacerme el préstamo para el tratamiento de mi mamá.

En cuanto mis papás, mi hermana y Rolando salieron del cuarto, Ángel, desobedeciendo los consejos de mi mamá, me preguntó por qué no les había contado que me habían vaciado la cuenta bancaria. No contesté de inmediato, porque me quedé pensando en cómo se habrían enterado.

–Rolando suponía que nos habías contado –me explicó Ángel–, me lo comentó cuando me llamó para avisarnos de que mi mamá se había ganado la rifa. Te estuve llamando, pero no contestabas.

–Yo creo que a esas horas ya andaba de *trip* –dijo Luis.

–¿Por qué no nos habías contado? –insistió Uriel.

–No sé –contesté–, creía que podía recuperar el dinero.

–¿Cómo? –preguntó.

–No sé –repetí.

Una enfermera entró para cambiarme el suero. Entonces caí en la cuenta de algo importante: era una clínica privada.

Chingada.

Esperé a que la enfermera se fuera.

–Oigan –dije–, ¿quién pagó el hospital?

—Rolando —dijo Ángel.

—¿Cuánto es? —pregunté.

—Setenta mil pesos, más o menos.

—Buena onda Rolando —dijo Luis—, se vino en friega de Guadalajara, dice que no te preocupes, que más adelante le pagas.

—¿Y qué vamos a hacer con el tratamiento de mi mamá? —pregunté.

—Pues ya veremos —dijo Ángel—, la cuestión es que mi mamá esté tranquila, porque lo suyo tiene un componente emocional muy fuerte, en cuanto se estresa o se pone nerviosa se siente peor, no sabes cómo ha estado estos días, apenas podía levantarse de la cama por el dolor.

Ahora era cuando tendría que pasar algo que lo solucionara todo: que se descubriera adónde había transferido Everardo el dinero y me lo devolvieran; que mi exesposa siempre sí accediera a vender nuestro departamento; que ganara la demanda y el banco me restituyera el dinero mucho más rápido de lo esperado. Pero nada de eso sucedió, porque la vida no era así o, para ser exactos, la vida no era así en México.

Quizá el tratamiento de mi mamá pudiera esperar un poco y muy probablemente íbamos a encontrar la manera de pagarlo; pero si tenía una certeza después de esos días que había pasado en México, si alguna lección había sacado de lo que me había sucedido, era que había algo que no podía esperar más, algo para lo que tenía que darme prisa porque no es-

taba preparado, tenía que aprenderlo ya, era algo ina-
plazable.

Tenía que aprender a dejar de ser hijo.

Tenía que aprender a dejar de ser hijo antes de
que fueran mis papás quienes nos dejaran.

ÍNDICE